흰 바람벽이 있어

대한민국 스토리DNA 023

흰 바람벽이 있어

초판 1쇄 발행 | 2018년 10월 10일

지은이 백석
발행인 이대식

편집 김화영 나은심 손성원 김자윤
마케팅 배성진 박상준 **관리** 이영혜
디자인 모리스

주소 서울시 종로구 평창길 329(우편번호 03003)
문의전화 02-394-1037(편집) 02-394-1047(마케팅)
팩스 02-394-1029
홈페이지 www.saeumbook.co.kr
전자우편 saeum98@hanmail.net
블로그 blog.naver.com/saeumpub
페이스북 facebook.com/saeumbooks
인스타그램 instagram.com/saeumbooks

발행처 (주)새움출판사
출판등록 1998년 8월 28일(제10-1633호)

대한민국
스토리DNA
023

흰 바람벽이 있어

백석 작품 선집

새움

차례

시

번역시

수필 및 서간

대한민국 스토리DNA 첫 번째 시집, 『흰 바람벽이 있어』

'대한민국 스토리DNA' 스물세 번째로 출간되는 『흰 바람벽이 있어』는 시리즈 중 처음으로 시인의 작품을 싣는다. 그간 문학의 이야기성에 주목하며 한국인의 삶의 내력을 오롯이 껴안고 우리 정신사를 면면히 이어가는 '소설'을 위주로 시리즈를 엮어왔으나, 이제 그 영역을 확장하여 '시'로도 저변을 넓힌다. 그 첫 번째 시인으로 '백석'을 선정한 것은 그와 그의 작품이 '대한민국 스토리DNA'의 취지에 부합할 뿐만 아니라 시대를 넘어서 길이 읽힐, 한국을 대표할 시인으로 손꼽기에 주저함이 없기 때문이다.

『흰 바람벽이 있어』에는 시집 『사슴』(1936)에 실린 시 전부와 신문과 잡지 등에 실린 백석의 작품들을 해방 이전과 해방 이후로 나누어 발표된 순서로 선별하여 정리했다. 더하여 백석이 남긴 수필과 서간문, 북에서 발표했던 번역시들도 일부 발굴하여 수록했다. 이 책으로 백석의 삶의 궤적을 따라가면서 그가 보고 느끼고 표현한 우리네 삶의 모습을 마주할 수 있을 것이다.

시대를 초월한 감수성… 시인들의 시인, 백석

백석은 1912년에 태어나 비교적 근래인 1990년대까지 살았던 시인이다. 그럼에도 그의 시가 우리에게 알려진 것은 그리 오래지 않았다. 원인은 남한에서 그가 시집으로 묶어 낸 책이 『사슴』 한 권에 지나지 않았고 그마저도 단 100부만 출간되었기 때문이지만, 보다 큰 원인은 해방 이후 고향인 평안북도 정주定州에 정착했던 그가 월북 시인으로 지명되어 남한에서 그의 작품이 금서로 취급된 데 있다.

북에서의 저작 활동이 뜸했던 것도 하나의 이유가 될 수 있겠다. 북한에 사회주의 체제가 들어서자 정치적 목적에 부합하는 문학이 문인들에게 강요되었고, 이는 백석의 자유로운 문학관과는 맞지 않는 것이었다. 결국 백석은 창작 대신 번역 활동을 선택하여 푸시킨, 이사코프스키, 레르몬토프, 굴리아 등의 시와 시모노프, 솔로호프 등의 소설을 번역하여 주로 러시아 문인들의 작품을 북한에 소개했다. 그러는 한편 아동문학에 눈을 돌려 동화시집 『집게네 네 형제』(1957)를 출간하고 아동문학과 관련한 평론 활동을 하기도 했다. 그러나 결국 사회주의 문학의 정치성을 비판했다는 이유로 1959년 국영협동농장으로 쫓겨나 '양치기'로 일했으며, 1962년에는 절필한 뒤 1996년에 세상을 떠난 것으로 알려졌다.

백석은 1988년 해금 조치 이후 전집이 출간되며 비로소 우리에게 알려졌다. 그럼에도 그의 시집 『사슴』은 2005년 시 전문 계간 《시인세계》가 작품 활동 중인 156명의 시인을 대상으로 실시한 설문조사 '지난 100년간 간행된 시집 중 가장 큰 영향을 받았던 시집'에서 1위를 차지하여 그 영향력을 입증했다. 우리들의 '영원한 청년' 윤동주 역시 백석의 시집 『사슴』을 어렵게 구하여 밤새 필사해 어디든 지니고 다녔다고 하니, '시인들의 시인'이었던 백석의 위상을 짐작케 한다.

「여우난골족」, 「여승」, 「흰 바람벽이 있어」, 「남신의주 유동 박시봉방」 등 백석의 시는 교과서에도 실려 이제는 대부분의 사람들에게도 낯설지 않고 친숙하다. 그의 시는 맑고 담백한 문장과 가슴을 울리는 감수성으로 지금까지도 많은 사랑을 받고 있다.

백석 시의 특징 중 하나로 누구에게나 고향을 떠올리게 하는 따뜻하고 향토적인 분위기와 그리운 민속의 재현을 손꼽을 수 있다. 백석은 젊은 날 나라 방방곡곡과 만주까지 여러 곳을 여행하고, 자신이 본 것과 겪은 것, 들은 것을 시로 남겼다.

섶벌같이 나간 지아비 기다려 십 년十年이 갔다 / 지아비는 돌아오지 않고 / 어린 딸은 도라지꽃이 좋아 돌무덤으로 갔다 // 산山꿩도 설게 울은 슬픈 날이 있었다 / 산山절의 마당귀에 여인女人의 머리오리가 눈물방울과 같이 떨어진 날이 있었다 _「여승」에서

계집아이는 운다 느끼며 운다 / 텅 비인 차車 안 한구석에서 어
늬 한 사람도 눈을 씻는다 / 계집아이는 몇 해고 내지인內地人
주재소장駐在所長 집에서 / 밥을 짓고 걸레를 치고 아이보개를
하면서 / 이렇게 추운 아침에도 손이 꽁꽁 얼어서 / 찬물에 걸
레를 쳤을 것이다 「팔원-서행시초 3」에서

백석이 마주한 것은 일제 치하에서 피폐해진 사람들의 생활
이었고, 발견한 것은 잃어만 가는 우리네 민속과 언어였다. 백석
은 가난한 사람들의 서글픈 사연을 이야기하듯 담담하게 보여
주는 한편, 기록을 저장하듯 사라져 가는 우리의 풍속과 음식
을 소재로 삼고 당시에도 조금은 낯설었던 평안도와 함경도 일
대의 속어를 시어로 삼아 시를 지었다.

밤이 깊어가는 집 안엔 엄매는 엄매들끼리 아르간에서들 웃고
이야기하고 아이들은 아이들끼리 윗간 한 방을 잡고 조아질하
고 쌈방이 굴리고 바리깨돌림하고 호박떼기하고 제비손이구손
이하고 이렇게 화디의 사기방등에 심지를 몇 번이나 돋구고 홍
계닭이 몇 번이나 울어서 졸음이 오면 아릇목싸움 자리싸움을
하며 히드득거리다 잠이 든다 「여우난골족」에서

아, 이 반가운 것은 무엇인가 / 이 히수무레하고 부드럽고 수수
하고 슴슴한 것은 무엇인가 / 겨울밤 쩡하니 익은 동치미국을
좋아하고 얼얼한 댕추가루를 좋아하고 싱싱한 산꿩의 고기를

좋아하고 / 그리고 담배 내음새 탄수 내음새 또 수육을 삶는 육수국 내음새 자욱한 더북한 삿방 쩔쩔 끓는 아르굳을 좋아하는 이것은 무엇인가 _「국수」에서

정지용, 김소월 등 향토적인 정서를 시로 담아냈던 시인은 여럿 있었지만, 백석을 다른 시인들과 구별 짓게 만드는 요소는 유난히 쓸쓸함과 그리움과 자책과 슬픔이 배어나는 그의 독특한 감수성에 있다.

—나는 이 세상에서 가난하고 외롭고 높고 쓸쓸하니 살어가도록 태어났다 / 그리고 이 세상을 살어가는데 / 내 가슴은 너무도 많이 뜨거운 것으로 호젓한 것으로 사랑으로 슬픔으로 가득 찬다 _「흰 바람벽이 있어」에서

이리하여 나는 이 습내 나는 춥고, 누긋한 방에서, / 낮이나 밤이나 나는 나 혼자도 너무 많은 것같이 생각하며, / 딜옹배기에 북덕불이라도 담겨 오면, / 이것을 안고 손을 쬐며 재 우에 뜻없이 글자를 쓰기도 하며, / 또 문밖에 나가지두 않고 자리에 누어서, / 머리에 손깍지베개를 하고 굴기도 하면서, / 나는 내 슬픔이며 어리석음이며를 소처럼 연하여 쌔김질하는 것이었다. _「남신의주 유동 박시봉방」에서

백석이 마주하고 그려내는 삶의 이야기는 가끔 아득하고, 때

로 비참하며, 자주 쓸쓸하고 서럽다. 어느 한 작품이 그러한 것이 아니라 하나의 작품 안에 저 모두가 녹아 있다. 뜻하지 않게 돌아온 메아리처럼 그의 시에는 막막한 그리움과 가느다란 희망이 묻어난다.

어째서 백석은 '나 혼자도 너무 많은 것같이' 삶의 무게를 버거워하면서도, 고향과 친지와 연인과 추억과 옛정을 두고 온 모든 것들을 그토록 끊임없이 가슴 저미도록 떠올리고 읊조리는 걸까. 그에게서는 언제나 떠남을 선택할 수밖에 없었던 쓸쓸한 유랑자의 냄새가 난다.

사람은 누구나 세상에 내던져진 유랑자다. 백석의 시는 그래서 지금까지도 우리의 영혼을 투명하게 비추는 것인지도 모른다.

2018년 10월
대한민국 스토리DNA 연구소

일러두기

1. 이 책은 백석이 발표한 창작시와 번역시, 수필 및 서간문을 모아 선별하여 엮었다.
2. 각 작품은 범주별로 발표된 순서에 따라 배치하고 출전을 표시했다.
3. 제목과 시어가 본래 한자로 쓰인 경우 한글로 표기하고 한자를 병기했다.
4. 표기와 띄어쓰기는 가능한 한 백석의 시어를 살리면서 현대어에 맞게끔 한글 맞춤법
   의 원칙을 따랐다.
5. 얼른 의미를 알기 어려운 고어나 방언은 주석을 달아 표시했다.

시

『사슴』에 수록된 시

정주성定州城

산山턱 원두막은 비었으나 불빛이 외롭다
헝겊심지에 아즈까리 기름의 쪼는 소리가 들리는 듯하다

잠자리 조을든 무너진 성城터
반딧불이 난다 파란 혼魂들 같다
어데서 말 있는 듯이 크다란 산山새 한 마리 어두운 골짜기로
난다

헐리다 남은 성문城門이
하늘빛같이 훤하다
날이 밝으면 또 메기수염의 늙은이가 청배를 팔러 올 것이다

1935. 8. 30. 《조선일보》 / 1936. 1. 20. 「사슴」. 〈국수당 넘어〉

아즈까리 : '아주까리'의 평안북도 방언.
조을다 : 졸다.
어데서 말 있는 듯이 : 어디서 말(馬) 있는 듯이.

주막 酒幕

　호박잎에 싸오는 붕어곰은 언제나 맛있었다

　부엌에는 빨갛게 길들은 팔八모알상이 그 상 위엔 새파란 싸리를 그린 눈알만 한 잔盞이 뵈였다

　아들아이는 범이라고 잔고기를 잘 잡는 앞니가 뻐드러진 나와 동갑이었다

　울타리 밖에는 장꾼들을 따라와서 엄지의 젖을 빠는 망아지도 있었다

1935. 11. 《조광》 1권 1호 / 『사슴』, 〈돌덜구의물〉

붕어곰 : 오래 고은 붕어.
팔모알상 : 여덟 모 난 밥상.
엄지 : 짐승의 어미.

비

아카시아들이 언제 흰 두레방석을 깔었나
어데서 물큰 개비린내가 온다

1935. 11. 《조광》 1권 1호 / 「사슴」. 〈노루〉

여우난골족族

명절날 나는 엄매 아배 따라 우리집 개는 나를 따라 친할머니 친할아버지가 있는 큰집으로 가면

얼굴에 별자국이 솜솜 난 말수와 같이 눈도 껌벅거리는 하루에 베 한 필을 짠다는 벌 하나 건너 집엔 복숭아나무가 많은 신리新里 고모 고모의 딸 이녀李女 작은이녀李女

열여섯에 사십四十이 넘은 홀아비의 후처가 된 포족족하니 성이 잘 나는 살빛이 메감탕 같은 입술과 젖꼭지는 더 까만 예수쟁이마을 가까이 사는 토산土山 고모 고모의 딸 승녀承女 아들 승承동이

육십리六十里라고 해서 파랗게 뵈이는 산山을 넘어 있다는 해변에서 과부가 된 코끝이 빨간 언제나 흰옷이 정하던 말끝에 설게 눈물을 짤 때가 많은 큰골 고모 고모의 딸 홍녀洪女 아들 홍洪동이 작은홍洪동이

배나무접을 잘하는 주정을 하면 토방돌을 뽑는 오리치를 잘 놓는 먼 섬에 반디젓 담그려 가기를 좋아하는 삼춘 삼춘엄매 사춘누이 사춘동생들

이 그득히들 할머니 할아버지가 있는 안간에들 모여서 방안에서는 새옷의 내음새가 나고

또 인절미 송구떡 콩가루찰떡의 내음새도 나고 끼때의 두부와 콩나물과 볶은 잔디와 고사리와 도야지비계는 모두 선득선득하니 찬 것들이다

저녁술을 놓은 아이들은 외양간 옆 밭마당에 딸린 배나무동산에서 쥐잡이를 하고 숨굴막질을 하고 꼬리잡이를 하고 가마 타고 시집가는 놀음 말 타고 장가가는 놀음을 하고 이렇게 밤이 어둡도록 북적하니 논다

밤이 깊어가는 집 안엔 엄매는 엄매들끼리 아르간에서들 웃고 이야기하고 아이들은 아이들끼리 윗간 한 방을 잡고 조아질하고 쌈방이 굴리고 바리깨돌림하고 호박떼기하고 제비손이구손이하고 이렇게 화디의 사기방등에 심지를 몇 번이나 돋구고 홍계닭이 몇 번이나 울어서 졸음이 오면 아릇목싸움 자리싸움을 하며 히드득거리다 잠이 든다 그래서는 문창에 텅납새의 그림자가 치는 아침 시누이 동서들이 욱적하니 흥성거리는 부엌으론 샛문틈으로 장지문틈으로 무이징게국을 끓이는 맛있는 내음새가 올라오도록 잔다

흰 바람벽이 있어

말수와 같이 : 발음마다 같이.

이녀 : 이씨 집의 딸아이. '홍동이'는 홍씨 집의 아들아이를 뜻함.

메감탕 : 메주를 쑤어 낸 솥에 남은 걸쭉한 물.

토방돌 : 댓돌. 섬돌.

오리치 : '올가미'의 강원도 방언.

반디젓 : '밴댕이젓'의 평안도 방언.

삼촌엄매 : 숙모.

송구떡 : 소나무의 안껍질을 불려 송진을 우려낸 뒤 두들겨 솜같이 만든 것을 섞어 만든 떡.

끼때 : '끼니 때'의 방언.

아르간 : 아랫간.

조아질 : 공기놀이.

쌈방이 : 주사위.

바리깨 : '주발(놋쇠로 만든 밥그릇)'의 뚜껑을 가리키는 평안도 방언.

호박떼기 : 앞사람의 허리를 잡고 한 줄로 늘어앉아서 술래가 마지막에 붙은 아이(호박)을 떼어내는 놀이.

제비손이구손이 : 여럿이 두 줄로 마주 앉아 서로 다리를 끼고 다리를 세는 놀이를 하며 부르는 소리.

화디 : '등잔걸이'의 평안북도 방언.

사기방등 : 사기 등잔.

아릇목 : 아랫목.

텅납새 : 청납새. '추녀'의 평안북도 방언.

무이징게국 : 무와 새우를 넣어 끓인 국. '무이'는 '무'의 방언. '징게'는 '새우'의 방언.

흰 밤

옛 성城의 돌담에 달이 올랐다
묵은 초가지붕에 박이
또 하나 달같이 하이얗게 빛난다
언젠가 마을에서 수절과부 하나가 목을 매여 죽은 밤도 이러
한 밤이었다

1935. 12. 《조광》 1권 2호 / 『사슴』, 〈돌덜구의물〉

흰 바람벽이 있어

통영統營

옛날엔 통제사統制使가 있었다는 낡은 항구港口의 처녀들에겐 옛날이 가지 않은 천희千姬라는 이름이 많다

미역오리같이 말라서 굴껍질처럼 말없이 사랑하다 죽는다는

이 천희千姬의 하나를 나는 어늬 오랜 객주客主집의 생선 가시가 있는 마루방에서 만났다

저문 유월六月의 바닷가에선 조개도 울을 저녁 소라방등이 불그레한 마당에 김 냄새 나는 비가 나렸다

1935. 12. 《조광》 1권 2호 / 『사슴』 〈국수당 넘어〉

어늬 : 어느.
소라방등 : 소라껍질로 만든 등잔.

고야古夜

아배는 타관 가서 오지 않고 산山비탈 외따른 집에 엄매와 나와 단둘이서 누가 죽이는 듯이 무서운 밤 집 뒤로는 어늬 산山골짜기에서 소를 잡어 먹는 노나리꾼들이 도적놈들같이 쿵쿵거리며 다닌다

날기멍석을 져간다는 닭 보는 할미를 차 굴린다는 땅아래 고래 같은 기와집에는 언제나 니차떡에 청밀에 은금보화가 그득하다는 외발 가진 조마구 뒷산山 어늬메도 조마구네 나라가 있어서 오줌 누러 깨는 재밤 머리맡의 문살에 대인 유리창으로 조마구 군병의 새까만 대가리 새까만 눈알이 들여다보는 때 나는 이불 속에 자즈러붙어 숨도 쉬지 못한다

또 이러한 밤 같은 때 시집갈 처녀 막내 고모가 고개 너머 큰집으로 치장감을 가지고 와서 엄매와 둘이 소기름에 쌍심지의 불을 밝히고 밤이 들도록 바느질을 하는 밤 같은 때 나는 아릇목의 삽귀를 들고 쇠든밤을 내여 다람쥐처럼 밝어먹고 은행여름을 인두불에 구어도 먹고 그러다는 이불 위에서 광대넘이를 뒤이고 또 누어 굴면서 엄매에게 윗목에 두른 평풍의 새빨간 천두의 이야기를 듣기도 하고 고모더러는 밝는 날 멀리는 못 난다는 메추라기를 잡어 달라고 조르기도 하고

내일같이 명절날인 밤은 부엌에 쩨듯하니 불이 밝고 솥뚜껑이 놀으며 구수한 내음새 곰국이 무르끓고 방 안에서는 일가집 할머니가 와서 마을의 소문을 펴며 조개송편에 달송편에 쥔두기송편에 떡을 빚는 곁에서 나는 밤소 팥소 설탕 든 콩가루소를 먹으며 설탕 든 콩가루소가 가장 맛있다고 생각한다

　나는 얼마나 반죽을 주무르며 흰가루손이 되어 떡을 빚고 싶은지 모른다

　.　.

　섣달에 내빌날이 들어서 내빌날 밤에 눈이 오면 이 밤엔 쩨하얀 할미귀신의 눈귀신도 내빌눈을 받노라 못 난다는 말을 든든히 여기며 엄매와 나는 앙궁 위에 떡돌 위에 곱새담 위에 함지에 버치며 대냥푼을 놓고 치성이나 드리듯이 정한 마음으로 내빌눈 약눈을 받는다 이 눈세기물을 내빌물이라고 제주병에 진상항아리에 채워 두고는 해를 묵여 가며 고뿔이 와도 배앓이를 해도 갑피기를 앓어도 먹을 물이다

1936. 1. 《조광》 2권 1호 / 「사슴」, 〈얼룩소 새끼의 영각〉

노나리꾼 : 소를 몰래 도살하는 사람.

날기멍석 : 낟알을 널어 말릴 때 쓰는 멍석. '날기'는 '낟알'의 평안남도 방언.

니차떡 : '찰떡'의 평안북도 방언.

청밀 : 꿀.

조마구 : 조무래기.

재밤 : '한밤중'의 평안도 방언.

샅귀 : 삿귀. '삿자리(갈대로 만든 자리)'의 가장자리.

쇠든밤 : 시들어 말라붙은 밤(栗).

밝어먹다 : 발라먹다. '밝다'는 '바르다'의 평안도 방언.

은행여름 : 은행열매. '여름'은 '열매'의 함경북도 방언.

광대넘이를 뒤이고 : 몰구나무서기를 하고.

평풍 : '병풍'의 옛말.

천두 : 천도복숭아.

쩨듯하다 : 째듯하다. 빛이 선명하고 뚜렷하다.

쥔두기송편 : 진드기 모양으로 작고 둥글게 빚은 송편.

내빌날 : 납일(臘日). 동지 뒤의 세 번째 미일(未日). 조정에서는 종묘나 사직에 제사를 올렸고,
　　　민간에서도 조상이나 여러 신에게 제사를 지냈다.

앙궁 : 아궁이.

버치 : 자배기보다 조금 깊고 아가리가 벌어진 큰 그릇.

냥푼 : 양푼.

눈세기물 : 눈석임물. 쌓인 눈이 녹아서 흐르는 물.

제주병 : 祭酒甁. 제사에 사용하는 술을 담은 병.

진상항아리 : 허름하고 보잘것없는 항아리.

갑피기 : '이질'을 일컫는 북한말.

흰 바람벽이 있어

가즈랑집

승냥이가 새끼를 치는 전에는 쇠메 든 도적이 났다는 가즈랑
고개

가즈랑집은 고개 밑의
산山 너머 마을서 도야지를 잃는 밤 즘생을 쫓는 깽제미 소리
가 무서웁게 들려오는 집
닭 개 즘생을 못 놓는
멧도야지와 이웃사춘을 지나는 집

예순이 넘은 아들 없는 가즈랑집 할머니는 중같이 정해서 할
머니가 마을을 가면 긴 담뱃대에 독하다는 막써레기를 몇 대라
도 붙이라고 하며

간밤엔 섬돌 아래 승냥이가 왔었다는 이야기
어늬메 산山골에선간 곰이 아이를 본다는 이야기

나는 돌나물김치에 백설기를 먹으며
옛말의 구신집에 있는 듯이
가즈랑집 할머니
내가 날 때 죽은 누이도 날 때

무명필에 이름을 써서 백지 달아서 구신간시렁의 당즈깨에 넣어 대감님께 수영을 들였다는 가즈랑집 할머니
언제나 병을 앓을 때면
신장님 단련이라고 하는 가즈랑집 할머니
구신의 딸이라고 생각하면 슬퍼졌다

토끼도 살이 오른다는 때 아르대 즘퍼리에서 제비꼬리 마타리 쇠조지 가지취 고비 고사리 두릅순 회순 산山나물을 하는 가즈랑집 할머니를 따르며
나는 벌써 달디단 물구지우림 둥굴네우림을 생각하고
아직 멀은 도토리묵 도토리범벅까지도 그리워한다

뒤우란 살구나무 아래서 광살구를 찾다가
살구벼락을 맞고 울다가 웃는 나를 보고
밑구멍에 털이 몇 자나 났나 보자고 한 것은 가즈랑집 할머니다
찰복숭아를 먹다가 씨를 삼키고는 죽는 것만 같어 하루 종일 놀지도 못하고 밥도 안 먹은 것도
가즈랑집에 마을을 가서
당세 먹은 강아지같이 좋아라고 집오래를 설레다가였다

흰 바람벽이 있어

쇠메 : 쇠망치.

즘생 : 짐승.

깽제미 : 갱지미. 놋쇠로 만든 반찬 그릇의 하나.

이웃사춘을 지나는 : 이웃사촌을 지내는.

막써레기 : 잎사귀를 자르지 않고 그대로 말린 담배.

구신간시렁 : 귀신을 모셔 놓은 시렁.

당즈깨 : 고리짝. 버들가지나 대나무 오리로 엮어서 상자같이 만든 물건.

수영 : 수양(收養). 다른 사람의 자식을 맡아서 제 자식처럼 기름.

신장 : 神將. 귀신 가운데 무력을 맡은 장수신.

아르대 : '아래쪽'을 일컫는 평안북도 방언.

즘퍼리 : 즌퍼리. '진펄(땅이 질어 질퍽한 벌)'의 옛말.

가지취 : 참취나물.

물구지 : 무릇. 백합과의 여러해살이풀. 어린잎과 비늘줄기를 먹는다.

둥굴네 : 둥글레.

광살구 : 너무 익어 저절로 떨어진 살구.

당세 : 당수. 전통 음식 중 하나로 쌀, 좁쌀, 보리, 녹두 따위의 곡식을 물에 불려서 간 가루나
마른 메밀가루에 술을 조금 넣고 물을 부어 미음같이 쑨 것.

오래 : 한동네의 몇 집이 한 골목이나 한 이웃으로 되어 사는 구역 안.

설레다 : 가만히 있지 아니하고 자꾸만 움직이다.

『사슴』에 수록된 시   33

고방

　낡은 질동이에는 갈 줄 모르는 늙은 집난이같이 송구떡이 오래도록 남어 있었다

　오지항아리에는 삼춘이 밥보다 좋아하는 찹쌀탁주가 있어서
　삼춘의 임내를 내어가며 나와 사춘은 시큼털털한 술을 잘도 채어먹었다

　제삿날이면 귀머거리 할아버지 가에서 왕밤을 밝고 싸리꼬치에 두부 산적을 꿰었다

　손자아이들이 파리떼같이 모이면 곰의 발 같은 손을 언제나 내어둘렀다

　구석의 나무말쿠지에 할아버지가 삼는 소신 같은 짚신이 둑둑이 걸리어도 있었다

　옛말이 사는 컴컴한 고방의 쌀독 뒤에서 나는 저녁 끼때에 부르는 소리를 듣고도 못 들은 척하였다

　　　　　　　　　　　　　흰 바람벽이 있어

고방 : 광.
질동이 : 질흙으로 빚어서 구워 만든 동이.
집난이 : '시집간 딸'을 뜻하는 북한말.
오지항아리 : 오짓물(그릇에 발라 구우면 윤이 나는 잿물)을 발라 만든 항아리.
임내 : '흉내'의 강원도 방언.
말쿠지 : '말코지(물건을 걸기 위하여 벽 따위에 달아 두는 나무 갈고리)'의 평안북도 방언.
둑둑하다 : 수두룩하다.

모닥불

새끼오리도 헌신짝도 소똥도 갓신창도 개니빠디도 너울쪽도 짚검불도 가락잎도 머리카락도 헝겊 조각도 막대꼬치도 기왓장도 닭의 깃도 개터럭도 타는 모닥불

재당도 초시도 문장門長 늙은이도 더부살이 아이도 새사위도 갓사돈도 나그네도 주인도 할아버지도 손자도 붓장사도 땜쟁이도 큰개도 강아지도 모두 모닥불을 쪼인다

모닥불은 어려서 우리 할아버지가 어미아비 없는 서러운 아이로 불쌍하니도 몽둥발이가 된 슬픈 역사가 있다

「사슴」,〈얼룩소 새끼의 영각〉

새끼오리 : 새끼줄.
갓신창 : '갓신(가죽신)'의 밑바닥 부분에 덧대어 붙이는 가죽이나 고무의 조각.
개니빠디 : '개의 이빨'을 뜻하는 평안북도 방언.
너울쪽 : '널(널빤지)'의 쪼가리.
재당 : 향촌의 최고 어른에 대한 존칭.
몽둥발이 : 딸려 붙었던 것이 다 떨어지고 몸뚱이만 남아 있는 물건.

흰 바람벽이 있어

오리 망아지 토끼

오리치를 놓으려 아배는 논으로 나려간 지 오래다

오리는 동비탈에 그림자를 떨어트리며 날어가고 나는 동말랭
이에서 강아지처럼 아배를 부르며 울다가

시악이 나서는 등 뒤 개울물에 아배의 신짝과 버선목과 대님
오리를 모다 던져버린다

장날 아침에 앞 행길로 엄지 따러 지나가는 망아지를 내라고
나는 조르면

아배는 행길을 향해서 크다란 소리로

— 매지야 오나라

— 매지야 오나라

새하려 가는 아배의 지게에 지워 나는 산山으로 가며 토끼를
잡으리라고 생각한다

맞구멍 난 토끼굴을 내가 막어서면 언제나 토끼새끼는 내 다
리 아래로 달어났다

나는 서글퍼서 서글퍼서 울상을 한다

『사슴』. 〈얼룩소 새끼의 영각〉

동말랭이 : 산꼭대기.
시악 : 恃惡. 악한 성미로 부리는 악.
매지 : '망아지'의 북한말.
새하다 : '나무하다'의 평안도 방언. '새'는 '땔나무'의 평안도 방언.

흰 바람벽이 있어

초동일初冬日

흙담벽에 볕이 따사하니
아이들은 물코를 흘리며 무감자를 먹었다

돌덜구에 천상수天上水가 차게
복숭아나무에 시라리타래가 말러갔다

『사슴』,〈돌덜구의물〉

무감자 : '고구마'의 충청도 방언.
돌덜구 : 돌절구. '덜구'는 '절구'의 평안도 방언.
시라리타래 : '시래기(무청이나 배추의 잎을 말린 것)'를 엮은 타래.

하답夏畓

짝새가 발뿌리에서 날은 논두렁에서 아이들은 개구리의 뒷다리를 구워 먹었다

게구멍을 쑤시다 물큰하고 배암을 잡은 늪의 피 같은 물이끼에 햇볕이 따그웠다

돌다리에 앉어 날버들치를 먹고 몸을 말리는 아이들은 물총새가 되었다

「사슴」,〈돌덜구의물〉

짝새 : 뱁새.
배암 : '뱀'의 전라도 방언.

적경寂境

신살구를 잘도 먹드니 눈오는 아침
나어린 아내는 첫아들을 낳았다

인가人家 멀은 산山중에
까치는 배나무에서 즞는다

컴컴한 부엌에서는 늙은 홀아비의 시아부지가 미역국을 끓인
다
그 마을의 외딸은 집에서도 산국을 끓인다

「사슴」, 〈돌덜구의물〉

적경 : 적막하고 인적이 드문 곳.
나어리다 : 나이 어리다.
늙은 홀아비의 시아버지 : 늙은 홀아비인 시아버지. 여기에서 '-의'는 '앞서 말한 어떤 것의 성
　　격이나 성분 또는 특성을 가지는'의 의미로, 백석의 시에서는 '-의'가 이와 같은 용법으로
　　쓰이는 경우가 있다. (예 – "삼에 숙변에 목단에 백복령에 산약에 택사의 몸을 보한다는
　　육미탕(六味湯)이다. –「탕약」에서.)
산국 : 산모가 아이를 낳은 후에 먹는 국.

미명계 未明界

자즌닭이 울어서 술국을 끓이는 듯한 추탕鰍湯집의 부엌은
뜨스할 것같이 불이 뿌연히 밝다

초롱이 히근하니 물지게꾼이 우물로 가며
별 사이에 바라보는 그믐달은 눈물이 어리었다

행길에는 선장 대여가는 장꾼들의 종이등燈에 나귀 눈이 빛
났다
어데서 서러웁게 목탁木鐸을 뚜드리는 집이 있다

「사슴」, 〈돌덜구의물〉

자즌닭 : 자주자주 우는 새벽닭.
히근하다 : '희끗하다'로 추정.
선장 : 이른 장.
대여가다 : 대어 가다. 시간에 맞게 다다르다.

흰 바람벽이 있어

성외城外

어두워오는 성문城門 밖의 거리
도야지를 몰고 가는 사람이 있다

엿방 앞에 엿궤가 없다

양철통을 쩔렁거리며 달구지는 거리 끝에서 강원도江原道로
간다는 길로 든다

술집 문창에 그느슥한 그림자는 머리를 얹혔다

『사슴』〈돌덜구의물〉

엿궤 : '엿목판(엿을 담는 속이 얕은 목판)'의 북한어.
그느슥하다 : 그늑하다. '끄느름하다(흐려서 희미하다)'의 평안북도 방언.

추일산조 秋日山朝

아침볕에 섶구슬이 한가로이 익는 골짝에서 꿩은 울어 산山
울림과 장난을 한다

산山마루를 탄 사람들은 새꾼들인가
파아란 한울에 떨어질 것같이
웃음소리가 더러 산山 밑까지 들린다

순례巡禮중이 산山을 올라간다
어젯밤은 이 산山절에 재齋가 들었다

무릿돌이 굴러나리는 건 중의 발꿈치에선가

『사슴』,〈돌덜구의물〉

섶구슬 : '섶(잎나무, 풋나무, 물거리 따위의 땔나무)'의 열매를 이름.
새꾼 : '나무꾼'의 평안도 방언.
한울 : 한올, 하늘 모두 '하늘'을 뜻함
무릿돌 : 여러 개의 돌.

흰 바람벽이 있어

광원曠原

흙꽃 이는 이른 봄의 무연한 벌을
경편철도輕便鐵道가 노새의 맘을 먹고 지나간다

멀리 바다가 뵈이는
가정거장假停車場도 없는 벌판에서
차車는 머물고
젊은 새악시 둘이 나린다

『사슴』〈돌덜구의물〉

광원 : 넓은 평원.
무연하다 : 아득하게 너르다.
경편철도 : 기관차와 차량이 작고 궤도가 좁은, 규모가 작고 간단한 철도.

청시靑柿

별 많은 밤
하누바람이 불어서
푸른 감이 떨어진다 개가 즟는다

「사슴」,〈노루〉

하누바람 : 하늬바람. '서쪽에서 부는 바람'을 뜻하나 북한에서는 서북쪽이나 북쪽에서 부는
　　바람을 이름.

　　　　　　　　　　　　　　　　　　　　흰 바람벽이 있어

산山비

산山뽕잎에 빗방울이 친다
멧비둘기가 닌다
나무등걸에서 자벌기가 고개를 들었다 멧비둘기 켠을 본다

「사슴」·〈노루〉

닌다 : '일어난다'의 옛말.
자벌기 : 자벌레. '벌기'는 '벌레'의 방언.
켠 : '쪽, 편, 방향'을 이름.

쓸쓸한 길

거적장사 하나 산山뒷 옆비탈을 오른다
아—따르는 사람도 없이 쓸쓸한 쓸쓸한 길이다
산山가마귀만 울며 날고
도적갠가 개 하나 어정어정 따러간다
이스라치전이 드나 머루전이 드나
수리취 땅버들의 하이얀 복이 서러웁다
뜨물같이 흐린 날 동풍東風이 설렌다

「사슴」, 〈노루〉

거적장사 : 시신을 거적으로 말아서 장사지냄을 이름.
이스라치 : 이스라지. '산이스랏(산앵두)'의 함경도 방언.
전 : 奠. 장례 전 영좌(靈座) 앞에 간단한 술과 과일을 차려 놓는 예식.
수리취 : 국화과의 여러해살이 풀.
복 : 服. 수리취와 땅버들의 하얀 솜털을 상복에 빗댄 것.

흰 바람벽이 있어

자류柘榴

남방토南方土 풀 안 돋은 양지귀가 본이다
햇비 멎은 저녁의 노을 먹고 산다

태고太古에 나서
선인도仙人圖가 꿈이다
고산정토高山淨土에 산약 캐다 오다

달빛은 이향異鄕
눈은 정기 속에 어우러진 싸움

『사슴』,〈노루〉

자류 : 석류.
본 : 본관(本貫), 관향(貫鄕)을 이름.
양지귀 : 양지의 귀퉁이.
햇비 : '해비(여우비)'의 북한어.

머루밤

불을 끈 방 안에 횟대의 하이얀 옷이 멀리 추울 것같이

개방위方位로 말방울 소리가 들려온다

문을 연다 머루빛 밤한울에
송이버슷의 내음새가 났다

「사슴」, 〈노루〉

개방위 : 술방(戌方). 24방위의 하나로 정서(正西)에서 북으로 30도 방위를 중심으로 한 15도
각도 안의 방향.
버슷 : '버섯'의 함경도 방언.

흰 바람벽이 있어

여승女僧

여승女僧은 합장合掌하고 절을 했다
가지취의 내음새가 났다
쓸쓸한 낯이 옛날같이 늙었다
나는 불경佛經처럼 서러워졌다

평안도平安道의 어늬 산山 깊은 금점판
나는 파리한 여인女人에게서 옥수수를 샀다
여인女人은 나어린 딸아이를 따리며 가을밤같이 차게 울었다

섶벌같이 나아간 지아비 기다려 십 년十年이 갔다
지아비는 돌아오지 않고
어린 딸은 도라지꽃이 좋아 돌무덤으로 갔다

산山꿩도 설게 울은 슬픈 날이 있었다
산山절의 마당귀에 여인女人의 머리오리가 눈물방울과 같이
떨어진 날이 있었다

『사슴』,〈노루〉

금점판 : 수공업 방식으로 작업하던 금광의 일터.
섶벌 : 나무섶에 집을 짓고 항상 나가서 다니는 벌(蜂).

수라修羅

거미새끼 하나 방바닥에 나린 것을 나는 아무 생각 없이 문
밖으로 쓸어버린다
차디찬 밤이다

어니젠가 새끼거미 쓸려나간 곳에 큰거미가 왔다
나는 가슴이 짜릿한다
나는 또 큰거미를 쓸어 문 밖으로 버리며
찬 밖이라도 새끼 있는 데로 가라고 하며 서러워한다

이렇게 해서 아린 가슴이 삭기도 전이다
어데서 좁쌀알만 한 알에서 가제 깨인 듯한 발이 채 서지도
못한 무척 작은 새끼거미가 이번엔 큰거미 없어진 곳으로 와서
아물거린다
나는 가슴이 메이는 듯하다
내 손에 오르기라도 하라고 나는 손을 내어 미나 분명히 울고
불고 할 이 작은 것은 나를 무서우이 달아나 버리며 나를 서럽
게 한다
나는 이 작은 것을 고이 보드러운 종이에 받어 또 문 밖으로
버리며
이것의 엄마와 누나나 형이 가까이 이것의 서정을 하며 있다

가 쉬이 만나기나 했으면 좋으련만 하고 슬퍼한다

수라 : 불교에서 업보에 따라 윤회하게 되는 여섯 세계(육도 : 천상, 인간, 수라, 축생, 아귀, 지
    옥) 중 하나. '처참하고 비극적인 현실'을 이름.
어니젠가 : '언젠가'의 평안도 방언. 여기서는 '어느 사이엔가'의 의미로 쓰임.

노루

산山골에서는 집터를 츠고 달궤를 닦고
보름달 아래서 노루고기를 먹었다

『사슴』·〈노루〉

츠다 : '버릇다(파서 헤집어 놓음)'의 평안북도 방언.
달궤를 닦다 : 달구질을 하다. '달궤'는 '달구(땅을 단단히 다지는 데 쓰는 기구)'의 평안북도
    방언.

흰 바람벽이 있어

절간의 소 이야기

　병이 들면 풀밭으로 가서 풀을 뜯는 소는 인간人間보다 영靈해서 열 걸음 안에 제 병을 낳게 할 약藥이 있는 줄을 안다고

　수양산首陽山의 어느 오래된 절에서 칠십이 넘은 노장은 이런 이야기를 하며 치마자락의 산山나물을 추었다

「사슴」.〈국수당 넘어〉

추다 : 추리다.

오금덩이라는 곳

　어스름저녁 국수당 돌각담의 수무나무 가지에 녀귀의 탱을
걸고 나물매 갖추어 놓고 비난수를 하는 젊은 새악시들
　─잘 먹고 가라 서리서리 물러가라 네 소원 풀었으니 다시 침
노 말아라

　벌개늪녘에서 바리깨를 뚜드리는 쇳소리가 나면
　누가 눈을 앓어서 부종이 나서 찰거머리를 부르는 것이다
　마을에서는 피성한 눈슭에 저린 팔다리에 거머리를 붙인다

　여우가 우는 밤이면
　잠 없는 노친네들은 일어나 팥을 깔이며 방뇨를 한다
　여우가 주둥이를 향하고 우는 집에서는 다음날 으레히 흉사
가 있다는 것은 얼마나 무서운 말인가

국수당 : '서낭당'의 평안도 방언.
돌각담 : '돌로 쌓은 담'을 이르는 북한말.
수무나무 : 시무나무. 느릅나뭇과의 낙엽수.
녀귀 : 女鬼. '여자 귀신'을 이르는 북한어.
탱 : 탱화(幀畫).
나물매 : 맵시 있게 차려 놓은 나물.
비난수 : 귀신에게 비는 소리.
벌개늪녘 : 벌건 빛깔의 늪가.
피성하다 : 피가 성하다. 피멍이 들다.
눈숡 : 눈의 가장자리. '숡'은 북한어에서 옷, 소매 등의 끝부분을 이름.
깔이다 : '깔다'의 사동형.

시기柿崎의 바다

저녁밥때 비가 들어서
바다엔 배와 사람이 홍성하다.

참대창에 바다보다 푸른 고기가 꿰이며 섬돌에 곱조개가 붙
는 집의 복도에서는 배창에 고기 떨어지는 소리가 들렸다

이슥하니 물기에 누굿이 젖은 왕구새자리에서 저녁상을 받은
가슴 앓는 사람은 참치회를 먹지 못하고 눈물겨웠다

어득한 기슭의 행길에 얼굴이 해쓱한 처녀가 새벽달같이
아 아즈내인데 병인病人은 미역 냄새 나는 덧문을 닫고 버리
같이 누었다

「사슴」, 〈국수당 넘어〉

시기 : 가키사키. 일본 혼슈 남동쪽 이즈 반도 인근에 있는 도시.
참대창 : '죽창'의 북한어.
배창 : 선창. 배 안 갑판 밑에 있는 짐칸.
이슥하다 : 지난 시간이 얼마간 오래다.
왕구새 : 왕굴새. '왕골(사초과의 한해살이풀)'의 함경남도 방언.
아즈내 : 아지내. '초저녁'의 평안도 방언.

흰 바람벽이 있어

창의문외彰義門外

　무이밭에 흰나비 나는 집 밤나무 머루넝쿨 속에 키질하는 소리만이 들린다

　우물가에서 까치가 자꾸 짖거니 하면

　붉은 수탉이 높이 샛더미 위로 올랐다

　텃밭가 재래종在來種의 임금林檎나무에는 이제도 콩알만 한 푸른 알이 달렸고 히스무레한 꽃도 하나둘 피어 있다

　돌담 기슭에 오지항아리 독이 빛난다

『사슴』〈국수당 넘어〉

샛더미 : 땔감더미.
임금나무 : 능금나무. '능금'은 사과와 비슷한 모양이지만 훨씬 작다.

정문촌旌門村

주홍칠이 날은 정문旌門이 하나 마을 어귀에 있었다

「효자노적지지정문孝子盧迪之之旌門」―먼지가 겹겹이 앉은 목각
木刻의 액額額에
　나는 열 살이 넘도록 갈지자字 둘을 웃었다

아카시아꽃의 향기가 가득하니 꿀벌들이 많이 날어드는 아츰
구신은 없고 부엉이가 담벽을 띠쫗고 죽었다

기왓골에 배암이 푸르스름히 빛난 달밤이 있었다
아이들은 족제비같이 먼 길을 돌았다

정문旌門집 가난이는 열다섯에
늙은 말꾼한테 시집을 갔겄다

「사슴」,〈국수당 넘어〉

정문 : 旌門, 충신이나 효자, 열녀 등을 기리기 위해 마을 입구에 세운 문.
띠쫗다 : 치쪼다, 부리를 위쪽으로 향하여 쪼다.
말꾼 : 말몰이꾼.

여우난골

박을 삶는 집
할아버지와 손자가 오른 지붕 위에 한울빛이 진초록이다
우물의 물이 쓸 것만 같다

마을에서는 삼굿을 하는 날
건넌마을서 사람이 물에 빠져 죽었다는 소문이 왔다

노란 싸리잎이 한불 깔린 토방에 햇츩방석을 깔고
나는 호박떡을 맛있게도 먹었다

어치라는 산山새는 벌배 먹어 고흡다는 골에서 돌배 먹고 아
픈 배를 아이들은 떨배 먹고 나었다고 하였다

「사슴」·〈국수당 넘어〉

삼굿 : 삼에서 섬유를 뽑아낼 수 있도록 찌는 일.
한불 : 한 묶음. '불'은 '벌(옷이나 그릇 따위가 두 개 또는 여러 개 모여 갖춘 덩어리)'의 방언.
어치 : 까마귓과의 새. 다른 새들의 소리를 잘 흉내 낸다.
벌배 : 꽡배나무의 열매. 꽡만 한 배가 달린다고 하여 꽡배나무라 부른다.
돌배 : 돌배나무의 열매. 아기 주먹만 한 돌처럼 딱딱한 배가 달려서 돌배나무라 부른다.
떨배 : 뙬배(쪨배), 뙬광이(쪨광이)로도 불림. 아그배나무의 열매. 아기 배가 달린다고 하여 아
　그배나무라 부른다.

삼방三防

갈부던 같은 약수藥水터의 산山거리엔 나무그릇과 다래나무지
팽이가 많다

산山 너머 십오리十五里서 나무뒝치 차고 싸리신 신고 산山비에
촉촉이 젖어서 약藥물을 받으려 오는 두멧아이들도 있다

아랫마을에서는 애기무당이 작두를 타며 굿을 하는 때가 많다

『사슴』.〈국수당 넘어〉

삼방 : 함경남도 안변군(安邊郡)에 있는 명승지. 약수로 유명하다. 「삼방(三防)」은 『사슴』에
　　　개작하여 수록하기 전에는 산지(山地)라는 제목으로 《조광》에 발표(1935. 11.)되었다.
갈부던 : 갈부전. 갈대로 엮어 만든 부전(여자아이들이 차던 노리개의 하나).
뒝치 : '뒤웅박'의 평안북도 방언.

해방 이전의 작품

나와 지렁이

내 지렁이는
커서 구렁이가 되었습니다.
천 년 동안만 밤마다 흙에 물을 주면 그 흙이 지렁이가 되었
습니다.
장마 지면 비와 같이 하늘에서 내려왔습니다.
뒤에 붕어와 농다리의 미끼가 되었습니다.
내 이과 책에서는 암컷과 수컷이 있어서 새끼를 낳았습니다.
지렁이의 눈이 보고 싶습니다.
지렁이의 밥과 집이 부럽습니다.

1935. 11. 《조광》 1권 1호

흰 바람벽이 있어

통영統營

  구마산舊馬山의 선창에선 좋아하는 사람이 울며 나리는 배에
올라서 오는 물길이 반날
  갓 나는 고장은 갓갓기도 하다

바람맛도 짭짤한 물맛도 짭짤한

전복에 해삼에 도미 가재미의 생선이 좋고
파래에 아개미에 호루기의 젓갈이 좋고

새벽녘의 거리엔 쾅쾅 북이 울고
밤새껏 바다에선 뿡뿡 배가 울고

자다가도 일어나 바다로 가고 싶은 곳이다

  집집이 아이만 한 피도 안 간 대구를 말리는 곳
  황화장사 영감이 일본말을 잘도 하는 곳
  처녀들은 모두 어장주漁場主한테 시집을 가고 싶어 한다는 곳
  산山 너머로 가는 길 돌각담에 갸웃하는 처녀는 금錦이라는
이 같고
  내가 들은 마산馬山 객주집의 어린 딸은 난蘭이라는 이 같고

난이라는 이는 명정明井골에 산다는데

명정明井골은 산山을 넘어 동백冬柏나무 푸르른 감로甘露 같은 물이 솟는 명정明井 샘이 있는 마을인데

샘터엔 오구작작 물을 긷는 처녀며 새악시들 가운데 내가 좋아하는 그이가 있을 것만 같고

내가 좋아하는 그이는 푸른 가지 붉게붉게 동백冬柏꽃 피는 철엔 타관 시집을 갈 것만 같은데

긴 토시 끼고 큰머리 얹고 오불고불 넘엣거리로 가는 여인女人은 평안도平安道서 오신 듯한데 동백冬柏꽃 피는 철이 그 언제요

옛 장수 모신 낡은 사당의 돌층계에 주저앉어서 나는 이 저녁 울듯 울듯 한산도閑山島 바다에 뱃사공이 되여가며

녕 낮은 집 담 낮은 집 마당만 높은 집에서 열나흘 달을 업고 손방아만 찧는 내 사람을 생각한다

1936. 1. 《조선일보》

갓갓기도 하다 : 갓(冠) 같기도 하다. 통영갓이라 하여 통영에서 생산한 갓이 유명했다.
아개미 : 아가미.
호루기 : 호래기. 참꼴뚜기. 꼴뚜기과에 속하는 작은 오징어.
황화 : 황아. 여러 가지 자질구레한 일용 잡화. 끈목, 담배쌈지, 바늘, 실 따위를 이름.
녕 : '지붕'의 평안북도 방언.
손방아 : 디딜방아.

　　　　　　　　　　　　　　　　　　　흰 바람벽이 있어

황일黃日

한 십리+里 더 가면 절간이 있을 듯한 마을이다 낮 기울은 볕
이 장글장글하니 따사하다 흙은 젖이 커서 살같이 깨서 아지랑
이 낀 속이 안타까운가 보다 뒤울안에 복사꽃 핀 집엔 아무도
없나 보다 비인 집에 꿩이 날어와 다니나 보다 울 밖 늙은 들매
나무에 튀튀새 한불 앉았다 흰 구름 따라가며 딱장벌레 잡다가
연둣빛 잎새가 좋아 올라왔나 보다 밭머리에도 복사꽃 피었다
새악시도 피었다 새악시복사꽃이다 복사꽃새악시다 어데서 송
아지 매— 하고 운다 골갯논두렁에서 미나리 밟고 서서 운다 복
사나무 아래 가 흙장난하며 놀지 왜 우노 자개밭둑에 엄지 어데
안 가고 누웠다 아릇동리선가 말 웃는 소리 무서운가 아릇동리
망아지 네 소리 무서울라 담모도리 바위 잔등에 다람쥐 해바라
기하다 조은다 토끼잠 한잠 자고 나서 세수한다 흰 구름 건넌산
으로 가는 길에 복사꽃 바라보라 섰다 다람쥐 건넌산 보고 부르
는 푸념이 간지럽다

　　저기는 그늘 그늘 여기는 챙챙—
　　저기는 그늘 그늘 여기는 챙챙—

1936. 3. 《조광》 2권 3호

장글장글 : 북한어로, 바람 없는 날에 해가 살을 지질 듯이 조금 따갑게 계속 내리쬐는 모양.
들매나무 : 들메나무. 물푸레나뭇과의 넓은잎 큰키나무.
튀튀새 : 티티새. 개똥지빠귀.
골갯논두렁 : 좁은 골짜기로 흐르는 개울(골개)가에 자리한 논두렁.
자개밭 : 자갈밭.
모도리 : '모서리'의 평안북도 방언.
해바라기 : 양지바른 곳에 나와 햇볕을 쬐는 일.

탕약湯藥

눈이 오는데

토방에서는 질화로 위에 곱돌탕관에 약이 끓는다

삼에 숙변에 목단에 백복령에 산약에 택사의 몸을 보한다는

육미탕六味湯이다

약탕관에서는 김이 오르며 달큼한 구수한 향기로운 내음새가

나고

약이 끓는 소리는 삐삐 즐거웁기도 하다

그리고 다 달인 약을 하이얀 약사발에 받어놓은 것은

아득하니 깜하야 만년萬年 옛적이 들은 듯한데

나는 두 손으로 고이 약그릇을 들고 이 약을 내인 옛 사람들

을 생각하노라면

내 마음은 끝없이 고요하고 또 맑어진다

1936. 3. 《시와 소설》 1권 1호

곱돌 : 기름 같은 광택이 있고 만지면 양초처럼 매끈매끈한 돌을 이르는 말.
탕관 : 국을 끓이거나 약을 달이는 자그마한 그릇.
숙변 : 숙지황. 지황을 아홉 번 찌고 아홉 번 말려서 만든 약재.
목단 : '모란'을 이르며 여기서는 약재로 쓰는 모란 뿌리의 껍질.
백복령 : 흰 빛이 나는 복령(구멍장이버섯과의 버섯).
산약 : 마의 뿌리를 한방에서 이르는 말.
택사 : 택사과의 여러해살이풀. 여기서는 약재로 쓰는 그 뿌리를 이름.
밭다 : 건더기와 액체가 섞인 것을 체나 거르기 장치에 따라서 액체만을 따로 받아 내다.

창원도昌原道
—남행시초南行詩抄 1

솔포기에 숨었다
토끼나 꿩을 놀래주고 싶은 산山허리의 길은

엎데서 따스하니 손 녹이고 싶은 길이다

개 데리고 호이호이 휘파람 불며
시름 놓고 가고 싶은 길이다

괴나리봇짐 벗고 땃불 놓고 앉어
담배 한대 피우고 싶은 길이다

승냥이 줄레줄레 달고 가며
덕신덕신 이야기하고 싶은 길이다

더꺼머리 총각은 정든 님 업고 오고 싶은 길이다

1936. 3. 〈조선일보〉

시초 : 詩抄. 시를 뽑아 적는 일. 또는 시를 뽑아 적은 책.
솔포기 : 가지가 다보록하게 퍼진 작은 소나무.
엎데다 : 엎드리다.
땃불 : 땅불. 땅바닥에 조그맣게 피워 놓은 불.

흰 바람벽이 있어

통영統營
—남행시초南行詩抄 2

통영統營장 낫대들었다

갓 한 닢 쓰고 건시 한 접 사고 홍공단 댕기 한 감 끊고 술 한 병 받어들고

화륜선 만져보려 선창 갔다

오다 가수내 들어가는 주막 앞에
문둥이 품바타령 듣다가

열이레 달이 올라서
나룻배 타고 판데목 지나간다 간다

1936. 3. 《조선일보》

낫대들다 : 나아가 몸을 들이밀다. '낫다('나아가다'의 옛말)'와 '대들다'의 합성어.
건시 : 곶감.
접 : 채소나 과일 따위를 묶어 세는 단위.
공단 : 두껍고 윤기 도는 고급 비단.
화륜선 : 예전에, 증기선을 이르던 말.
가수내 : 가시내. '계집아이'의 방언.
판데목 : 경상남도 통영시의 통영 운하가 뚫린 어름의 수로.

고성가도固城街道
—남행시초南行詩抄 3

고성固城장 가는 길
해는 둥둥 높고

개 하나 얼린하지 않는 마을은
해발은 마당귀에 맷방석 하나
빨갛고 노랗고
눈이 시울은 곱기도 한 건반밥
아 진달래 개나리 한창 피었구나

가까이 잔치가 있어서
곱디고은 건반밥을 말리우는 마을은
얼마나 즐거운 마을인가

어쩐지 당홍치마 노란저고리 입은 새악시들이
웃고 살을 것만 같은 마을이다

1936. 3. 《조선일보》

얼린하다 : 얼씬하다.
해발다 : 해밝다. 양지바르다.
맷방석 : 매통이나 맷돌을 쓸 때 밑에 까는, 짚으로 만든 방석. 멍석보다 작고 둥글다.
시울다 : 눈이 부셔서 바로보기가 어렵다.
건반밥 : 세반(細飯). 찐 찹쌀을 말려 부수거나 빻은 가루. 산자나 강정 따위에 묻혀 먹는다.

흰 바람벽이 있어

삼천포 三千浦
―남행시초 南行詩抄 4

졸레졸레 도야지새끼들이 간다
귀밑이 재릿재릿하니 볕이 담복 따사로운 거리다

잿더미에 까치 오르고 아이 오르고 아지랑이 오르고

해바라기하기 좋을 볏곡간 마당에
볏짚같이 누우런 사람들이 둘러서서
어늬 눈 오신 날 눈을 치고 생긴 듯한 말다툼 소리도 누우러니

소는 기르매 지고 조은다

아 모도들 따사로히 가난하니

1936. 3. 《조선일보》

재릿재릿하다 : 자릿자릿하다. 북한어로, '꽤 간지러운 듯함'을 이름.
치다 : 불필요하게 쌓인 물건을 파내거나 옮기어 깨끗이 하다.
기르매 : 길마. 짐을 싣거나 수레를 끌기 위하여 소나 말 따위의 등에 얹는 안장.

북관北關
―함주시초咸州詩抄 1

명태明太 창난젓에 고추무거리에 막칼질한 무이를 비벼 익힌
것을
　이 투박한 북관北關을 한없이 끼밀고 있노라면
　쓸쓸하니 무릎은 꿇어진다

　시큼한 배척한 퀴퀴한 이 내음새 속에
　나는 가느슥히 여진女眞의 살내음새를 맡는다

　얼근한 비릿한 구릿한 이 맛 속에선
　까마득히 신라新羅 백성의 향수鄕愁도 맛본다

1937. 10.《조광》3권 10호

북관 : '함경도'의 다른 이름.
함주 : 함주군(咸州郡). 함경남도 중부에 있는 지역.
무거리 : 곡식 따위를 빻아 체에 쳐서 가루를 내고 남은 찌꺼기.
끼밀다 : 깨물다, 씹다.
배척하다 : 조금 비릿하다.
가느슥하다 : '그느슥하다(흐려서 희미하다)'의 다른 표현.

　　　　　　　　　　　　　　　　　흰 바람벽이 있어

노루
—함주시초咸州詩抄 2

장진長津 땅이 지붕넘에 넘석하는 거리다
자구나무 같은 것도 있다
기장감주에 기장차떡이 흔한 데다
이 거리에 산골사람이 노루새끼를 다리고 왔다

신골사람은 막베등거리 막베잠방둥에를 입고
노루새끼를 닮었다
노루새끼 등을 쓸며
터 앞에 당콩순을 다 먹었다 하고
서른닷냥 값을 부른다
노루새끼는 다문다문 흰 점이 백이고 배안의 털을 너슬너슬
벗고
산골사람을 닮었다

산골사람의 손을 핥으며
약자에 쓴다는 흥정소리를 듣는 듯이
새까만 눈에 하이얀 것이 가랑가랑하다

1937. 10. 《조광》 3권 10호

장진 : 장진군(長津郡). 함경남도 서북부에 위치한 지역.
넘석하다 : 크게 힘을 들이지 않고도 갈 만큼 가깝다.
자구나무 : 자귀나무. 콩과의 소교목.
기장감주 : 기장(곡물)으로 만든 감주.
차떡 : '찰떡'의 북한어.
막베 : 조포(粗布). 거칠고 성기게 짠 베.
등거리 : 등만 덮을 만하게 걸쳐 입는 홑옷. 베나 무명으로 깃이 없고 소매가 짧거나 없게 만든다.
잠방등에 : 잠방이. 가랑이가 무릎까지 내려오도록 짧게 만든 홑바지.
당콩 : '강낭콩'의 북한어.
너슬너슬 : 길고 연한 풀이나 털 따위가 늘어져 자꾸 크게 흔들리는 모양.
약자 : 약재.
가랑가랑 : 액체가 많이 담기거나 괴어서 가장자리까지 찰 듯한 모양.

흰 바람벽이 있어

고사古寺
─함주시초咸州詩抄 3

부뚜막이 두 길이다
이 부뚜막에 놓인 사닥다리로 자박수염 난 공양주는 성궁미
를 지고 오른다

한 말 밥을 한다는 크나큰 솥이
외면하고 가부 틀고 앉아서 염주도 세일 만하다

화라지송침이 단 채로 들어간다는 아궁지
이 험상궂은 아궁지도 조앙님은 무서운가 보다

농마루며 바람벽은 모두들 그느슥히
흰밥과 두부와 튀각과 자반을 생각나 하고

하폄도 남즉하니 불기와 유종들이
묵묵히 팔짱끼고 쭈구리고 앉었다

재 안 드는 밤은 불도 없이 캄캄한 까막나라에서
조앙님은 무서운 이야기나 하면
모두들 죽은 듯이 엎데였다 잠이 들 것이다

1937. 10. 《조광》 3권 10호

자박수염 : 끝이 비틀리면서 아래로 잦혀진 콧수염.

성궁미 : 부처에게 바치는 쌀.

화라지 : 옆으로 길게 뻗어 나간 나뭇가지를 땔나무로 이르는 말.

송침 : 꺾어서 말린 소나무의 가지. 주로 땔감으로 쓰인다.

단 채 : 통째로.

조앙 : '부뚜막(아궁이 위에 솥을 걸어 놓는 언저리)'의 평안남도 방언. '조앙님'은 '조왕(竈王)
　　　님'의 다른 말로 늘 부엌에 있으면서 길흉을 판단한다는 신을 이름.

농마루 : '천장'의 평안도 방언.

바람벽 : 방이나 칸살의 옆을 둘러막은 둘레의 벽.

하픔 : '하품'의 평안도 방언.

불기 : 佛器. 부처에게 올릴 밥을 담는 놋그릇.

유종 : 놋그릇으로 만든 종발(종지보다는 조금 넓고 평평한 그릇).

재 : 齋. 불공.

흰 바람벽이 있어

선우사膳友辭
―함주시초咸州詩抄 4

낡은 나조반에 흰밥도 가재미도 나도 나와 앉어서
쓸쓸한 저녁을 맞는다

흰밥과 가재미와 나는
우리들은 그 무슨 이야기라도 다 할 것 같다
우리들은 서로 미덥고 정답고 그리고 서로 좋구나

우리들은 맑은 물밑 해정한 모래톱에서 하구 긴 날을 모래알
만 헤이며 잔뼈가 굵은 탓이다
　바람 좋은 한벌판에서 물닭이 소리를 들으며 단이슬 먹고 나
이 들은 탓이다
　외따른 산골에서 소리개소리 배우며 다람쥐 동무하고 자라
난 탓이다

우리들은 모두 욕심이 없어 희여졌다
착하디 착해서 세관은 가시 하나 손아귀 하나 없다
너무나 정갈해서 이렇게 파리했다

우리들은 가난해도 서럽지 않다
우리들은 외로워할 까닭도 없다

그리고 누구 하나 부럽지도 않다

흰밥과 가재미와 나는
우리들이 같이 있으면
세상 같은 건 밖에 나도 좋을 것 같다

1937. 10. 《조광》 3권 10호

선우 : 반찬 친구.
나조반 : 나좃쟁반.
혜다 : '세다(사물의 수효를 헤아리거나 꼽다)'의 북한어.
물닭 : 뜸부깃과의 새. 발가락 사이에 물갈퀴가 있다.
세괄다 : 성질이나 기세가 억세다.

산곡山谷
—함주시초咸州詩抄 5

돌각담에 머루송이 깜하니 익고
자갈밭에 아즈까리 알이 쏟아지는
잠풍하니 볕바른 골짝이다
나는 이 골짝에서 한겨울을 날려고 집을 한 채 구하였다

집이 몇 집 되지 않는 골 안은
모두 터앝에 김장감이 퍼지고
뜨락에 잡곡 낟가리가 쌓여서
어니 세월에 비일 듯한 집은 뵈이지 않았다
나는 자꾸 골 안으로 깊이 들어갔다

골이 다한 산대 밑에 자그마한 돌능와집이 한 채 있어서
이 집 남길동 단 안주인은 겨울이면 집을 내고
산을 돌아 거리로 나려간다는 말을 하는데
해바른 마당에는 꿀벌이 스무나문 통 있었다

낮 기울은 날을 햇볕 장글장글한 툇마루에 걸어앉아서
지난여름 도락구를 타고 장진長津땅에 가서 꿀을 치고 돌아왔
다는 이 벌들을 바라보며 나는
날이 어서 추워져서 쑥국화꽃도 시들고 이 바즈런한 백성들

도 다 제 집으로 들은 뒤에 이 골 안으로 올 것을 생각하였다

1937. 10.《조광》3권 10호

잠풍하다 : 바람이 잠잠하다.
터앝 : 집의 울안에 있는 작은 밭.
산대 : '산꼭대기'의 방언.
능와집 : 능에집, 너와집. 얇게 저민 통나무 조각으로 지붕을 이은 집.
남길동 : 남색 길동. '길동'은 '끝동(여자의 저고리 소맷부리에 댄 다른 색의 천)'의 평안북도 방언.
해바르다 : 양지바르다. 볕이 잘 들다.
도락구 : '트럭'을 일컫는 일본어.
장진 : 함경남도 서북부에 위치한 장진군(長津郡).

추야일경 秋夜一景

닭이 두 홰나 울었는데
안방 큰방은 홰즛하니 당등을 하고
인간들은 모두 웅성웅성 깨어 있어서들
오가리며 석박디를 썰고
생강에 파에 청각에 마늘을 다지고

시래기를 삶는 훈훈한 방 안에는
양념 내음새가 싱싱도 하다

밖에는 어데서 물새가 우는데
토방에선 햇콩두부가 고요히 숨이 들어갔다

1938. 1. 《삼천리문학》 1집

홰즛하다 : 호젓하다.
당등 : '장등(長燈, 밤새도록 등불을 켜 둠)'의 평안도 방언.
오가리 : 무나 호박 따위의 살을 길게 오리거나 썰어서 말린 것.
석박디 : 섞박지. 배추와 무·오이를 절여 넓적하게 썬 다음, 여러 가지 고명에 젓국을 쳐서 한
     데 버무려 담은 뒤 조기젓 국물을 약간 부어서 익힌 김치.
청각 : 녹조류 청각과의 해조.

해방 이전의 작품   83

나와 나타샤와 흰 당나귀

가난한 내가
아름다운 나타샤를 사랑해서
오늘밤은 푹푹 눈이 나린다

나타샤를 사랑은 하고
눈은 푹푹 날리고
나는 혼자 쓸쓸히 앉어 소주燒酒를 마신다
소주燒酒를 마시며 생각한다
나타샤와 나는
눈이 푹푹 쌓이는 밤 흰 당나귀 타고
산골로 가자 출출이 우는 깊은 산골로 가 마가리에 살자

눈은 푹푹 나리고
나는 나타샤를 생각하고
나타샤가 아니 올 리 없다
언제 벌써 내 속에 고조곤히 와 이야기한다
산골로 가는 것은 세상한테 지는 것이 아니다
세상 같은 건 더러워 버리는 것이다

눈은 푹푹 나리고

아름다운 나타샤는 나를 사랑하고

어데서 흰 당나귀도 오늘밤이 좋아서 응앙응앙 울 것이다

1938. 3. 《여성》 3권 3호

출출이 : 뱁새.

마가리 : 오두막.

고조곤하다 : 고즈넉하다. 가만하고 다소곳하다.

고향故鄕

　나는 북관北關에 혼자 앓어 누어서
　어늬 아츰 의원醫員을 뵈이었다
　의원醫員은 여래如來 같은 상을 하고 관공關公의 수염을 드리워
서
　먼 옛적 어늬 나라 신선 같은데
　새끼손톱 길게 돋은 손을 내어
　묵묵하니 한참 맥을 짚드니
　문득 물어 고향故鄕이 어데냐 한다
　평안도平安道 정주定州라는 곳이라 한즉
　그러면 아무개씨氏 고향故鄕이란다
　그러면 아무개씰氏 아느냐 한즉
　의원醫員은 빙긋이 웃음을 띄고
　막역지간莫逆之間이라며 수염을 쓴다
　나는 아버지로 섬기는 이라 한즉
　의원醫員은 또다시 넌즈시 웃고
　말없이 팔을 잡어 맥을 보는데
　손길은 따스하고 부드러워
　고향故鄕도 아버지도 아버지의 친구도 다 있었다

흰 바람벽이 있어

관공 : 중국 삼국시대 촉나라의 장수 관우(關羽). 길고 무성하며 아름다운 수염을 길러 미염
　　공(美髥公)이라 불렸다.

절망絶望

북관北關에 계집은 튼튼하다
북관北關에 계집은 아름답다
아름답고 튼튼한 계집은 있어서
흰 저고리에 붉은 길동을 달어
검정치마에 받쳐 입은 것은
나의 꼭 하나 즐거운 꿈이였드니
어늬 아침 계집은
머리에 무거운 동이를 이고
손에 어린것의 손을 끌고
가파러운 언덕길을
숨이 차서 올라갔다
나는 한종일 서러웠다

1938. 4. 《삼천리문학》 2집

가파럽다 : 가파르다.

내가 생각하는 것은

밝은 봄철날 따디기의 누굿하니 푹석한 밤이다
거리에는 사람두 많이 나서 흥성흥성 할 것이다
어쩐지 이 사람들과 친하니 싸다니고 싶은 밤이다

그렇건만 나는 하이얀 자리 우에서 마른 팔뚝의
샛파란 핏대를 바라보며 나는 가난한 아버지를 가진 것과
내가 오래 그려오던 처녀가 시집을 간 것과
그렇게도 살틀하든 동무가 나를 버린 일을 생각한다

또 내가 아는 그 몸이 성하고 돈도 있는 사람들이
즐거이 술을 먹으려 다닐 것과
내 손에는 신간서新刊書 하나도 없는 것과
그리고 그 '아서라 세상사世上事'라도 들을
유성기도 없는 것을 생각한다

그리고 이러한 생각이 내 눈가를 내 가슴가를 뜨겁게 하는 것
도 생각한다

1938. 4. 《여성》 3권 4호

따디기 : 얼었던 흙이 풀리려고 하는 초봄 무렵.

누굿하다 : 누긋하다. 추위가 약간 풀리다.

살틀하다 : 살뜰하다. 사랑하고 위하는 마음이 자상하고 지극하다.

「아서라 세상사」 : 작자 미상의 판소리 단가. 당시 음반으로 취입되어 유성기(留聲機)로 들을
    수 있었다.

내가 이렇게 외면하고

　내가 이렇게 외면하고 거리를 걸어가는 것은 잔풍 날씨가 너무나 좋은 탓이고

　가난한 동무가 새 구두를 신고 지나간 탓이고 언제나 꼭 같은 넥타이를 매고 고운 사람을 사랑하는 탓이다

　내가 이렇게 외면하고 거리를 걸어가는 것은 또 내 많지 못한 월급이 얼마나 고마운 탓이고

　이렇게 젊은 나이로 코밑수염도 길러보는 탓이고 그리고 어늬 가난한 집 부엌으로 달재 생선을 진장에 꼿꼿이 지진 것은 맛도 있다는 말이 자꾸 들려오는 탓이다

1938. 5. 《여성》 3권 5호

달재 : '달강어(성댓과의 바닷물고기)'의 평안북도 방언.
진장 : 陳醬. 검정콩으로 쑨 메주로 담가 빛이 까맣게 된 간장.

삼호三湖
—물닭의 소리 1

문기슭에 바다 해 자를 까꾸로 붙인 집
산듯한 청삿자리 위에서 찌륵찌륵
우는 전북회를 먹어 한여름을 보낸다

이렇게 한여름을 보내면서 나는 하늑이는
물살에 나이금이 느는 꽃조개와 함께
허리도리가 굵어가는 한 사람을 연연해한다

1938. 10. 《조광》 4권 10호

삿자리 : 갈대를 엮어서 만든 자리.
전북 : '전복'의 방언.
하늑이다 : 물결 따위가 가볍게 한 번 움직이는 모양.

물계리 物界里
─물닭의 소리 2

　물밑─이 세모래 닌함박은 콩조개만 일다

　모래장변─바다가 널어놓고 못 미더워 드나드는 명주필을 짓
궂이 발뒤축으로 찢으면

　날과 씨는 모두 양금줄이 되어 짜랑짜랑 울었다

1938. 10. 《조광》 4권 10호

세모래 : 가는(細) 모래.
닌함박 : 이남박. 안쪽에 여러 줄로 고랑이 지게 돌려 파서 만든 함지박. 쌀 따위를 씻어 일 때
　돌과 모래를 가라앉게 한다.
콩조개 : 조개의 하나. 껍데기는 콩알처럼 동그랗고 매끈하며 자줏빛을 띤 갈색인데 겉면에
　진한 색의 무늬가 있다. 우리나라 서해에서 난다.
양금 : 채로 줄을 쳐서 소리를 내는 현악기의 하나.

대산동 大山洞
—물닭의 소리 3

비얘고지 비얘고지는
제비야 네 말이다
저 건너 노루섬에 노루 없드란 말이지
신미도 삼각산엔 가무래기만 나드란 말이지

비얘고지 비얘고지는
제비야 네 말이다
푸른 바다 흰 한울이 좋기도 좋단 말이지
해밝은 모래장변에 돌비 하나 섰단 말이지

비얘고지 비얘고지는
제비야 네 말이다
눈빨갱이 갈매기 빨갱이 갈매기 가란 말이지
승냥이처럼 우는 갈매기
무서워 가란 말이지

1938. 10. 《조광》 4권 10호

대산동 : 大山洞. 평안북도 정주군 덕언면에 있는 마을. 백석이 태어난 갈산면 익성동 바로 위
　　쪽이다.
비얘고지 : 제비의 별칭. '지지배배' 하는 의성어에서 비롯된 것으로 추정.
신미도 : 身彌島. 평안북도 선천군 남면에 속하는 섬.
가무래기 : 가막조개, 가무락조개, 모시조개를 이름.

　　　　　　　　　　　　　　　　　　　흰 바람벽이 있어

남향 南鄕
―물닭의 소리 4

푸른 바닷가의 하이얀 하이얀 길이다

아이들은 늘늘히 청대나무말을 몰고
대모풍잠 한 늙은이 또요 한 마리를 드리우고 갔다

이 길이다
얼마 가서 감로甘露 같은 물이 솟는 마을 하이얀 회담벽에 옛
적본의 쟁반시계를 걸어놓은 집 홀어미와 사는 물새 같은 외딸
의 혼삿말이 아지랑이같이 낀 곳은

1938. 10. 《조광》 4권 10호

늘늘하다 : 수량이나 기한 따위가 넉넉하다.
대모풍잠 : 대모갑(바다거북의 등껍질)으로 만든 풍잠(망건이 바람에 움직이지 않도록 윗부
　분에 대어 놓는 장식품).
또요 : 도요새.
옛적본 : 옛날식.

야우소회 夜雨小懷
―물닭의 소리 5

캄캄한 비 속에
새빨간 달이 뜨고
하이얀 꽃이 피고
먼바루 개가 짖는 밤은
어데서 물외 내음새 나는 밤이다

캄캄한 비 속에
새빨간 달이 뜨고
하이얀 꽃이 뛰고
먼바루 개가 짖고
어데서 물외 내음새 나는 밤은

나의 정다운 것들 가지 명태 노루 메추리 질동이 노랑나비 바
구지꽃 모밀국수 남치마 자개짚세기 그리고 천희千姬라는 이름
이 한없이 그리워지는 밤이로구나

1938. 10. 《조광》 4권 10호

먼바루 : 먼 데서. '바루'는 평안북도 방언으로 거리의 대략적인 정도를 나타내는 말.
물외 : 오이. '참외'에 대하여 물이 더 많은 '오이'를 이르는 말.
바구지 : '미나리아재비'의 북한어.
자개짚세기 : '자개(금조개 껍데기를 썰어 낸 조각. 가구 장식에 씀)'를 짚신에 담아 둔 것.

흰 바람벽이 있어

꼴두기
―물닭의 소리 6

신새벽 들망에
내가 좋아하는 꼴두기가 들었다
갓 쓰고 사는 마음이 어진데
새끼 그물에 걸리는 건 어인 일인가

갈매기 날어온다

입으로 먹을 뿜는 건
몇십 년 도를 닦어 피는 조환가
앞뒤로 가기를 마음대로 하는 건
손자孫子의 병서兵書도 읽은 것이다
갈매기 쭝얼댄다

   그러나 시방 꼴두기는 배창에 너불어저 새새끼 같은 울음을
우는 곁에서
   뱃사람들의 언젠가 아홉이서 회를 처먹고도 남어 한 깃씩 나
눠가지고 갔다는 크디큰 꼴두기의 이야기를 들으며 나는 슬프다

   갈매기 날어난다

1938. 10. 《조광》 4권 10호

꼴두기 : '꼴뚜기'의 방언.
들망 : 들그물. 바다 밑이나 중간쯤에 그물을 깔아 놓고 물고기를 그 위로 유인한 뒤 들어 올
    려 잡는 그물.
깃 : 무엇을 나눌 때, 각자에게 돌아오는 한몫.

가무래기의 낙樂

가무락조개 난 뒷간거리에
빚을 얻으려 나는 왔다
빚이 안 되어 가는 탓에
가무래기도 나도 모도 춥다
추운 거리의 그도 추운 능당 쪽을 걸어가며
내 마음은 웃즐댄다 그 무슨 기쁨에 웃즐댄다
이 추운 세상의 한구석에
맑고 가난한 친구가 하나 있어서
내가 이렇게 추운 거리를 지나온 걸
얼마나 기뻐하며 낙단하고
그즈런히 손깍지베개 하고 누어서
이 못된 놈의 세상을 크게 크게 욕할 것이다

1938. 10. 《여성》 3권 10호

능당 : 능달. '응달'의 북한말.
낙단하다 : 무릎을 치며 좋아하다.

박각시 오는 저녁

당콩밥에 가지냉국의 저녁을 먹고 나서
바가지꽃 하이얀 지붕에 박각시 주락시 붕붕 날아오면
집은 안팎 문을 횅 하니 열젖기고
인간들은 모두 뒷등성으로 올라 멍석자리를 하고 바람을 쐬
이는데
풀밭에는 어느새 하이얀 대림질감들이 한불 널리고
돌우래며 팟중이 산 옆이 들썩하니 울어댄다
이리하여 한울에 별이 잔콩 마당 같고
강낭밭에 이슬이 비 오듯 하는 밤이 된다

1938. 10. 『조선문학독본』

박각시 : 박각싯과의 나방을 이르는 말.
주락시 : 줄각시나방을 이름.
돌우래 : 도루래. '땅강아지'의 방언.
팟중이 : 팔중이. 메뚜깃과의 곤충.
강낭밭 : 옥수수밭. '강낭'은 '강냉이(옥수수)'를 이름.

넘언집 범 같은 노큰마니

　황토 마루 수무나무에 얼럭궁덜럭궁 색동헝겊 뜯개조박 뵈짜배기 걸리고 오쟁이 끼애리 달리고 소 삼은 엄신 같은 딥세기도 열린 국수당고개를 몇 번이고 튀튀 춤을 뱉고 넘어가면 골 안에 아늑히 묵은 영동이 무겁기도 할 집이 한 채 안기었는데

　집에는 언제나 센개 같은 게사니가 벅작궁 고아내고 말 같은 개들이 떠들썩 짖어대고 그리고 소거름 내음새 구수한 속에 엇송아지 히물쩍 너들씨는데

　집에는 아배에 삼춘에 오마니에 오마니가 있어서 젖먹이를 마을 청능 그늘 밑에 삿갓을 씌워 한종일내 뉘어 두고 김을 매려 다녔고 아이들이 큰 마누래에 작은 마누래에 제구실을 할 때면 종아지물본도 모르고 행길에 아이 송장이 거적뙈기에 말려나가면 속으로 얼마나 부러워하였고 그리고 끼때에는 부뚜막에 바가지를 아이덜 수대로 주룬히 늘어놓고 밥 한덩이 질게 한 술 들여틀여서는 먹었다는 소리를 언제나 두고두고 하는데

　일가들이 모두 범같이 무서워하는 이 노큰마니는 구덕살이같이 욱실욱실하는 손자 증손자를 방구석에 들매나무 회채리를 단으로 쩌다 두고 따리고 싸리갱이에 갓신창을 매여놓고 따리는데

내가 엄매 등에 업혀가서 상사말같이 항약에 야기를 쓰면 한 창 피는 함박꽃을 밑가지채 꺾어주고 종대에 달린 제물배도 가지채 쪄주고 그리고 그 애끼는 게사니알도 두 손에 쥐어주곤 하는데

우리 엄매가 나를 가지는 때 이 노큰마니는 어늬 밤 크나큰 범이 한 마리 우리 선산으로 들어오는 꿈을 꾼 것을 우리 엄매가 서울서 시집을 온 것을 그리고 무엇보다도 내가 이 노큰마니의 당조카의 맏손자로 난 것을 대견하니 알뜰하니 기꺼이 여기는 것이었다

노큰마니 : 늙은(老) 증조 할머니.

수무나무 : 시무나무. 느릅나뭇과의 낙엽수.

뜯개조박 : 뜯어진 헝겊 조각. '조박'은 '조각'의 북한어.

뵈짜배기 : 베(뵈)쪼가리. '짜배기'는 '쪼가리'의 북한어.

오쟁이 : 짚으로 엮어 만든 작은 섬.

끼애리 : '꾸러미'의 평안북도 방언.

소 삼다 : 소(疏). 짚신이나 미투리 따위를 성기게 결음.

엄신 : 엄짚신. 상제(喪制)가 초상 때부터 졸곡(卒哭) 때까지 신는 짚신. 총을 드문드문 따고 흰 종이로 총 돌기를 감았다.

딥세기 : 짚세기. '짚신'을 이름.

국수당 : '서낭당'의 평안도 방언.

영동 : 楹棟. 기둥과 마룻대를 아울러 이르는 말.

셴개 : 털빛이 흰 개.

게사니 : 거위.

벅작궁 : 법석대는 모양.

고아내다 : 떠들다.

엇송아지 : 아직 다 자라지 못한 송아지.

청능 : 靑陵. 푸른 언덕.

큰 마누래 : 큰 마마. 천연두를 이름.

작은 마누래 : 작은 마마. 수두를 이름.

종아지물본 : 세상 물정. '물본(物本)'은 세상 돌아가는 이치를 이름.

구덕살이 : 구더기.

싸리갱이 : 싸리나무의 마른 줄기.

갓신창 : 갓진창. 부서진 갓에서 나온, 말총으로 된 질긴 끈.

상사말 : 생마(生馬). 길들이지 아니한 거친 말.

항약 : '악을 쓰며 대드는 것'을 이름.

야기 : 稚氣. 남에게 굽히지 않는 굳세고 억척스러운 기운.

종대 : 꽃이나 나무의, 한가운데에서 올라오는 줄기.

제물배 : 제물(祭物. 제사에 쓰는 음식물)로 쓰는 배.

동뇨부 童尿賦

　봄철날 한종일내 노곤하니 벌불 장난을 한 날 밤이면 으레히 싸개동당을 지나는데 잘망하니 누어 싸는 오줌이 넙적다리를 흐르는 따근따근한 맛 자리에 펑하니 괴이는 척척한 맛

　첫여름 이른 저녁을 해치우고 인간들이 모두 터 앞에 나와서 물외포기에 당콩포기에 오줌을 주는 때 터 앞에 발마당에 샛길에 떠도는 오줌의 매캐한 재릿한 내음새

　긴긴 겨울밤 인간들이 모두 한잠이 들은 재밤중에 나 혼자 일어나서 머리맡 쥐발 같은 새끼 요강에 한없이 누는 잘 매럽던 오줌의 사르릉 쪼로록 하는 소리

　그리고 또 엄매의 말엔 내가 아직 굳은 밥을 모르던 때 살갗 퍼런 막내고무가 잘도 받어 세수를 하였다는 내 오줌빛은 이슬같이 샛말갛기도 샛맑았다는 것이다

1939. 6. 《문장》 1권 5호

부 : 賦. 『시경(詩經)』에서 이르는 시의 육의(六義) 가운데 하나. 사물이나 그에 대한 감상을, 비유를 쓰지 아니하고 직접 서술하는 작법.
싸개동당 : 어린아이가 자면서 오줌똥을 가리지 못하고 마구 싸서 자리를 온통 질펀하게 만들어 놓는 일.
잘망하다 : 잘박하다. 잘바닥하다. 얕은 물이나 진창을 밟거나 치는 소리가 나는 모양.
쥐발 : 주발.

안동安東

이방異邦 거리는
비 오듯 안개가 나리는 속에
안개 같은 비가 나리는 속에

이방異邦 거리는
콩기름 쪼리는 내음새 속에
섭누에번디 삶는 내음새 속에

이방異邦 거리는
도끼날 벼르는 돌물레 소리 속에
되광대 켜는 되양금 소리 속에

손톱을 시펄하니 기르고 기나긴 창꽈쯔를 즐즐 끌고 싶었다
만두饅頭꼬깔을 눌러쓰고 곰방대를 물고 가고 싶었다
이왕이면 향薰내 높은 취향리梨 돌배 움퍽움퍽 씹으며 머리채
츠렁츠렁 발굽을 차는 꾸냥과 가즈런히 쌍마차雙馬車 몰아가고
싶었다

1939. 9. 13. 《조선일보》

안동 : 중국 랴오닝성에 있는 도시 '단둥(丹東. 1965년 개명)'의 예전 이름.

섭누에번디 : 섶누에(산누에)의 번데기.

돌물레 : 날을 갈 때 쓰는 회전식 숫돌.

뙤광대 : '되놈(예전에, 만주 지방에 살던 여진족을 낮잡아 이르는 말)' 광대.

시퍨하다 : 시퍼렇다. 여기서 '손톱을 시퍨하니 기르다'는 '위풍이나 권세가 당당함'을 이름.

창꽈쯔 : 장꽈자(長掛子). 중국식 긴 저고리를 이름.

꾸냥 : 姑娘. 아가씨, 부녀자를 뜻하는 중국어.

구장로球場路
—서행시초西行詩抄 1

삼리三里 밖 강江쟁변엔 자갯돌에서
비멀이한 옷을 부숭부숭 말려 입고 오는 길인데
산山모통고지 하나 도는 동안에 옷은 또 함북 젖었다

한 이십리二十里 가면 거리라든데
한겻 남아 걸어도 거리는 뵈이지 않는다
나는 어니 외진 산山길에서 만난 새악시가 곱기도 하던 것과
어니메 강江물 속에 들여다 뵈이든 쏘가리가 한 자나 되게 크
던 것을 생각하며
산山비에 젖었다는 말렸다 하며 오는 길이다

이젠 배도 출출히 고팠는데
어서 그 옹기장사가 온다는 거리로 들어가면
무엇보다도 몬저 '주류판매업酒類販賣業'이라고 써 붙인 집으로
들어가자

그 뜨수한 구들에서
따끈한 삼십오도三十五圖 소주燒酒나 한잔 마시고
그리고 그 시래기국에 소피를 넣고 두부를 두고 끓인 구수한
술국을 뜨근히 몇 사발이고 왕사발로 몇 사발이고 먹자

1939. 11. 《조선일보》

구장 : 평안북도 영변군(寧邊郡) 용산면(龍山面)의 지명. 현재의 평안북도 구장군(球場郡)
    구장읍(球場邑)의 거리. '서행시초'는 백석이 평안북도 일대를 다니며 쓴 기행시.
자갯돌 : '자갈'의 평안도 방언.
비멀이하다 : 비에 흠뻑 젖다.
모통고지 : 모퉁이.
한겻 : 반나절.
소피 : 소의 선지.

          흰 바람벽이 있어

북신北新
—서행시초西行詩抄 2

거리에서는 모밀내가 났다
부처를 위하는 정갈한 노친네의 내음새 같은 모밀내가 났다

어쩐지 향산香山 부처님이 가까웁다는 거린데
국수집에서는 농짝 같은 도야지를 잡어 걸고 국수에 치는 도
야지고기는 돗바늘 같은 털이 드문드문 백였다
나는 이 털도 안 뽑은 도야지고기를 물끄러미 바라보며
또 털도 안 뽑은 고기를 시켜먼 맨모밀 국수에 얹어서 한입에
꿀꺽 삼키는 사람들을 바라보며
나는 문득 가슴에 뜨끈한 것을 느끼며
소수림왕小獸林王을 생각한다 광개토대왕廣開土大王을 생각한다

1939. 11. 9. 《조선일보》

북신 : 평안북도 영변군(寧邊郡)의 북신현면(北薪峴面)으로 추정. 현재의 향산군(香山郡).
향산 : 영변군의 묘향산(妙香山)을 이름.

팔원八院
—서행시초西行詩抄 3

차디찬 아침인데

묘향산행妙香山行 승합자동차乘合自動車는 텅하니 비어서

나이 어린 계집아이 하나가 오른다

옛말 속같이 진진초록 새 저고리를 입고

손잔등이 밭고랑처럼 몹시도 터졌다

계집아이는 자성慈城으로 간다고 하는데

자성은 예서 삼백오십리三百五十里 묘향산妙香山 백오십리百五十里

묘향산妙香山 어디메서 삼촌이 산다고 한다

새하얗게 얼은 자동차自動車 유리창 밖에

내지인內地人 주재소장駐在所長 같은 어른과 어린아이들이 내임

을 낸다

계집아이는 운다 느끼며 운다

텅 비인 차車 안 한구석에서 어늬 한 사람도 눈을 씻는다

계집아이는 몇 해고 내지인內地人 주재소장駐在所長 집에서

밥을 짓고 걸레를 치고 아이보개를 하면서

이렇게 추운 아침에도 손이 꽁꽁 얼어서

찬물에 걸레를 쳤을 것이다

흰 바람벽이 있어

1939. 11. 《조선일보》

팔원 : 평안북도 영변군(寧邊郡) 팔원면(八院面).
자성 : 평안북도 북동단에 위치하는 고을. 오늘날의 평안북도 자성군(慈城郡) 지역.
주재소 : 駐在所. 일제강점기 당시 순사가 머무르며 사무를 맡아보던 기관. 일종의 파출소.
내임 : 냄. '배웅'의 평안도 방언.
아이보개 : 아이 보기.

월림月林장
—서행시초西行詩抄 4

'자시동북팔십천희천自是東北八○籵熙川'의 푯標말이 선 곳
돌능와집에 소달구지에 싸리신에 옛날이 사는 장거리에
어니 근방 산천山川에서 덜거기 깩깩 검방지게 운다

초아흐레 장판에
산 멧도야지 너구리가죽 튀튀새 났다
또 가얌에 귀이리에 도토리묵 도토리범벅도 났다

나는 주먹다시 같은 떡당이에 꿀보다도 달다는 강낭엿을 산
다
　그리고 물이라도 들듯이 샛노랗디 샛노란 산山골 마가슬 볕에
눈이 시울도록 샛노랗디 샛노란 햇기장쌀을 주무르며
　기장쌀은 기장차떡이 좋고 기장차랍이 좋고 기장감주가 좋고
그리고 기장쌀로 쑨 호박죽은 맛도 있는 것을 생각하며 나는 기
쁘다

　　　　　　　　　　　　　흰 바람벽이 있어

월림 : 지금의 평안북도 향산군(香山) 임흥리(林興里)의 월림고개. 향산고개라고도 한다.
자시동북팔십천희천 : '여기에서부터 동북 방향으로 희천 지역까지 팔십 킬로미터(八十)임'
　　을 이름. 당시에 '팔십(八十)'은 '八○'으로도 표기되었다.
싸리신 : 싸릿대를 엮어서 발에 신도록 만든 물건.
덜거기 : '수꿩'의 평안북도 방언.
가얌 : 개암.
귀이리 : 곡물 '귀리'를 이름.
주먹다시 : 주먹을 거칠게 이르는 말.
떡당이 : 떡덩이.
마가슬 : 마가을. 막바지에 이른 가을.
차랍 : '찰밥'의 평안도 방언.

목구木具

오대五代나 나린다는 크나큰 집 다 찌그러진 들지고방 어득시근한 구석에서 쌀독과 말쿠지와 숫돌과 신뚝과 그리고 옛적과 또 열두 데석님과 친하니 살으면서

한 해에 몇 번 매연지난 먼 조상들의 최방등 제사에는 컴컴한 고방 구석을 나와서 대멀머리에 외얏맹건을 지르터 맨 늙은 제관의 손에 정갈히 몸을 씻고 교우 위에 모신 신주 앞에 환한 촛불 밑에 피나무 소담한 제상 위에 떡 보탕 식혜 산적 나물지짐 반봉 과일들을 공손하니 받들고 먼 후손들의 공경스러운 절과 잔을 굽어보고 또 애끊는 통곡과 축을 귀애하고 그리고 합문 뒤에는 흠향 오는 구신들과 호호히 접하는 것

구신과 사람과 넋과 목숨과 있는 것과 없는 것과 한 줌 흙과 한 점 살과 먼 옛조상과 먼 훗자손의 거룩한 아득한 슬픔을 담는 것

내 손자의 손자와 손자와 나와 할아버지와 할아버지의 할아버지와 할아버지의 할아버지의 할아버지와…… 수원백씨水原白氏 정주백촌定州白村의 힘세고 꿋꿋하나 어질고 정 많은 호랑이 같은 곰 같은 소 같은 피의 비 같은 밤 같은 달 같은 슬픔을 담

흰 바람벽이 있어

는 것 아 슬픔을 담는 것

1940. 2. 《문장》 2권 2호

목구 : 나무로 만든, 제사 때 쓰는 제기(祭器).

들지고방 : 들문만 나 있는 고방(광).

말쿠지 : '말코지'의 평안도 방언. 물건을 걸기 위해 벽 따위에 달아 두는 나무 갈고리.

신뚝 : 방이나 마루 앞에 신발을 올리도록 놓아둔 돌.

데석님 : 제석신(帝釋神)을 이름. 제석신은 무당이 모시는 신의 하나로 집안사람들의 수명, 곡물, 의류 및 화복에 관한 일을 맡아본다고 한다.

매연지나다 : 매연(媒緣)이 지나가다. 촌수가 멀고 인연이 미미함을 이름.

최방둥 : 평북 정주 지방의 제사 풍속으로 차손(次孫)이 맡아서 모시게 되는 5대쩨부터의 제사.

대멀머리 : 대머리.

외얏맹건 : 오얏망건. 망건을 잘 눌러쓴 모양이 오얏꽃처럼 단정하게 보인다는 데서 온 말.

지르트다 : 망건 등을 쓸 때 뒤통수 쪽을 세게 눌러서 망건편자를 졸라맴을 이름.

교우 : 교의(交椅). 제사를 지낼 때 신주(神主)를 모시는, 다리가 긴 의자.

보탕 : 補湯. 몸을 보한다는 탕국.

반봉 : 제사에 쓰는 생선 종류의 통칭.

축 : 축문. 제사 때에 읽어 신명(神明)께 고하는 글.

합문 : 闔門. 제사를 지내는 절차의 하나. 유식(侑食) 후 제관 이하 전원이 밖으로 나오고 문을 닫음. 문이 없는 곳이면 불을 조금 낮추어 어둡게 함.

흠향 : 歆饗. 신명(神明)이 제물을 받아서 먹음.

호호하다 : 넓고 빛나고 맑게. '浩浩'와 '皓皓' 두 가지 뜻이 모두 담겨 있음.

허준許俊

그 맑고 거룩한 눈물의 나라에서 온 사람이여
그 따사하고 살틀한 볕살의 나라에서 온 사람이여

눈물의 또 볕살의 나라에서 당신은
이 세상에 나들이를 온 것이다
쓸쓸한 나들이를 단기려 온 것이다

눈물의 또 볕살의 나라 사람이여
당신이 그 긴 허리를 굽히고 뒷짐을 지고 지치운 다리로
싸움과 흥정으로 와자지껄하는 거리를 지날 때든가
추운 겨울밤 병들어 누운 가난한 동무의 머리맡에 앉어
말없이 무릎 위 어린 고양이의 등만 쓰다듬는 때든가
당신의 그 고요한 가슴 안에 온순한 눈가에
당신네 나라의 맑은 하늘이 떠오를 것이고
당신의 그 푸른 이마에 삐여진 어깻죽지에
당신네 나라의 따사한 바람결이 스치고 갈 것이다

높은 산도 높은 꼭다기에 있는 듯한
아니면 깊은 물도 깊은 밑바닥에 있는 듯한 당신네 나라의
하늘은 얼마나 맑고 높을 것인가

흰 바람벽이 있어

바람은 얼마나 따사하고 향기로울 것인가

그리고 이 하늘 아래 바람결 속에 퍼진

그 풍속은 인정은 그리고 그 말은 얼마나 좋고 아름다울 것
인가

다만 한 사람 목이 긴 시인詩人은 안다

'도스토이엡흐스키'며 '죠이쓰'며 누구보다도 잘 알고 일등 가
는 소설도 쓰지만

아무것도 모르는 듯이 어드근한 방 안에 굴러 게으르는 것을
좋아하는 그 풍속을

사랑하는 어린것에게 엿 한가락을 아끼고 위하는 아내에겐
해진 옷을 입히면서도

마음이 가난한 낯설은 사람에게 수백 냥 돈을 거저 주는 그
인정을 그리고 또 그 말을

사람은 모든 것을 다 잃어버리고 넋 하나를 얻는다는 크나큰
그 말을

그 멀은 눈물의 또 볕살의 나라에서

이 세상에 나들이를 온 사람이여

이 목이 긴 시인詩人이 또 게사니처럼 떠든다고

당신은 쓸쓸히 웃으며 바둑판을 당기는구려

1940. 11. 《문장》 2권 9호

허준 : 許俊(1910~?). 평안북도 용천군(龍川郡) 출신의 소설가로 백석의 친구. 1936년 2월
《조광》에 『탁류』를 발표하며 등단했다.
단기다 : 다니다.

『호박꽃 초롱』서시

한울은
울파주가에 우는 병아리를 사랑한다
우물돌 아래 우는 돌우래를 사랑한다
그리고 또
버드나무 밑 당나귀 소리를 임내 내는 시인詩人을 사랑한다

한울은
풀 그늘 밑에 삿갓 쓰고 사는 버슷을 사랑한다
모래 속에 문 잠그고 사는 조개를 사랑한다
그리고 또
두툼한 초가지붕 밑에 호박꽃 초롱 혀고 사는 시인詩人을 사랑한다

한울은
공중에 떠도는 흰구름을 사랑한다
골짜구니로 숨어 흐르는 개울물을 사랑한다
그리고 또
아늑하고 고요한 시골 거리에서 쟁글쟁글 햇볕만 바래는 시인詩人을 사랑한다

한울은

이러한 시인詩人이 우리들 속에 있는 것을 더욱 사랑하는데

이러한 시인詩人이 누구인 것을 세상은 몰라도 좋으나

그러나

그 이름이 강소천姜小泉인 것을 송아지와 꿀벌은 알을 것이다

1941. 1. 강소천 동시집 「호박꽃 초롱」

울파주 : '울바자(울타리에 쓰는, 수수깡이나 싸리 따위를 발처럼 결어서 만든 물건)'의 평안
도 방언.

임내 내다 : 흉내 내다.

혀다 : '켜다'의 평안북도 방언.

강소천 : 姜小泉(1915~1963). 아동문학가이자 시인. 『호박꽃 초롱』은 1941년 박문서관에서
간행된 강소천의 동시집이다.

흰 바람벽이 있어

국수

눈이 많이 와서
산엣새가 벌로 나려 멕이고
눈구덩이에 토끼가 더러 빠지기도 하면
마을에는 그 무슨 반가운 것이 오는가 보다
한가한 애동들은 어둡도록 꿩 사냥을 하고
가난한 엄매는 밤중에 김치가재미로 가고
마을을 구수한 즐거움에 싸서 은근하니 흥성흥성 들뜨게 하며

이것은 오는 것이다
이것은 어느 양지귀 혹은 능달쪽 외따른 산 옆 은댕이 예데가리밭에서
하로밤 뽀오한 흰김 속에 접시귀 소기름불이 뿌우현 부엌에
산멍에 같은 분틀을 타고 오는 것이다
이것은 아득한 옛날 한가하고 즐겁던 세월로부터
실 같은 봄비 속을 타는 듯한 여름볕 속을 지나서 들쿠레한 구시월 갈바람 속을 지나서
대대로 나며 죽으며 죽으며 나며 하는 이 마을 사람들의 으젓한 마음을 지나서 텁텁한 꿈을 지나서
지붕에 마당에 우물둥덩에 함박눈이 푹푹 쌓이는 여느 하로밤

아배 앞에 그 어린 아들 앞에 아배 앞에는 왕사발에 아들 앞
에는 새끼 사발에 그득히 사리워오는 것이다

이것은 그 곰의 잔등에 업혀서 길여났다는 먼 옛적 큰마니가

또 그 짚등색이에 서서 자채기를 하면 산 넘엣 마을까지 들렸
다는

먼 옛적 큰아바지가 오는 것같이 오는 것이다

아, 이 반가운 것은 무엇인가

이 히수무레하고 부드럽고 수수하고 슴슴한 것은 무엇인가

겨울밤 쩡하니 익은 동치미국을 좋아하고 얼얼한 댕추가루를
좋아하고 싱싱한 산꿩의 고기를 좋아하고

그리고 담배 내음새 탄수 내음새 또 수육을 삶는 육수국 내
음새 자욱한 더북한 삿방 쩔쩔 끓는 아르궅을 좋아하는 이것은
무엇인가

이 조용한 마을과 이 마을의 으젓한 사람들과 살틀하니 친한
것은 무엇인가

이 그지없이 고담枯淡하고 소박素朴한 것은 무엇인가

흰 바람벽이 있어

1941. 4. 《문장》 3권 4호

산엣새 : 산에 있는 새.
메이다 : 메이다. '계속해서 움직이다'는 뜻의 평안북도 방언. 여기서는 '쏘다니다'의 뜻으로 쓰
    임.
김치가재미 : 겨울철에 김치를 묻은 다음 얼지 않게 그 위에 지푸라기나 수수깡 따위로 만들
    어놓은 움막.
은댕이 : 언저리.
예데가리밭 : 대여섯 낮 동안 갈 정도 넓이의 밭.
산명에 : 산몽아. 이무기의 평안도 방언.
분틀 : 분(粉). '국수틀'을 이름.
들쿠레하다 : '들큼하다(맛깔스럽지 아니하게 조금 달다)'의 북한어.
갈바람 : 가을바람.
둔덩 : 두덩. 우묵하게 빠진 땅의 가장자리 두두룩한 곳을 이름.
사리다 : 국수, 새끼, 실 따위를 둥그렇게 포개어 감다.
큰마니 : '할머니'의 평안북도 방언.
짚등색이 : 짚등석. 짚이나 칡덩굴로 짜서 만든 자리.
자채기 : 재채기.
큰아바지 : '할아버지'의 평안북도 방언.
댕추 : '고추'의 평안도 방언.
탄수 : 식초.
아르굴 : '아랫목'의 평안도 방언.

흰 바람벽이 있어

오늘 저녁 이 좁다란 방의 흰 바람벽에
어쩐지 쓸쓸한 것만이 오고 간다
이 흰 바람벽에
희미한 십오촉十五燭 전등이 지치운 불빛을 내어던지고
때글은 다 낡은 무명샤쓰가 어두운 그림자를 쉬이고
그리고 또 달디단 따끈한 감주나 한잔 먹고 싶다고 생각하는
내 가지가지 외로운 생각이 헤매인다
그런데 이것은 또 어인 일인가
이 흰 바람벽에
내 가난한 늙은 어머니가 있다
내 가난한 늙은 어머니가
이렇게 시퍼러둥둥하니 추운 날인데 차디찬 물에 손은 담그
고 무이며 배추를 씻고 있다
또 내 사랑하는 사람이 있다
내 사랑하는 어여쁜 사람이
어늬 먼 앞대 조용한 개포가의 나즈막한 집에서
그의 지아비와 마주 앉어 대구국을 끓여놓고 저녁을 먹는다
벌써 어린것도 생겨서 옆에 끼고 저녁을 먹는다
그런데 또 이즈막하야 어늬 사이엔가
이 흰 바람벽엔

내 쓸쓸한 얼굴을 쳐다보며

이러한 글자들이 지나간다

　—나는 이 세상에서 가난하고 외롭고 높고 쓸쓸하니 살어가

도록 태어났다

　그리고 이 세상을 살어가는데

　내 가슴은 너무도 많이 뜨거운 것으로 호젓한 것으로 사랑

으로 슬픔으로 가득 찬다

　그리고 이번에는 나를 위로하는 듯이 나를 울력하는 듯이

　눈질을 하며 주먹질을 하며 이런 글자들이 지나간다

　—하늘이 이 세상을 내일 적에 그가 가장 귀해 하고 사랑하

는 것들은 모두

　가난하고 외롭고 높고 쓸쓸하니 그리고 언제나 넘치는 사

랑과 슬픔 속에 살도록 만드신 것이다

　초생달과 바구지꽃과 짝새와 당나귀가 그러하듯이

　그리고 또 '프랑시쓰 쨈'과 도연명陶淵明과 '라이너 마리아 릴

케'가 그러하듯이

1941. 4. 《문장》 3권 4호

때글다 : 때에 절다.

앞대 : 어떤 지방에서 그 남쪽의 지방을 이르는 말.

이즈막하다 : 이즈음에 이르다.

올력 : 여럿이 힘을 합하여 일함. 또는 그런 힘. 여기서는 '힘으로 몰아붙이는 듯이'의 의미.

바구지꽃 : 박꽃.

프랑씨스 쨈 : Francis Jammes(1868~1938). 신고전파 프랑스 시인. 대부분의 일생을 자연 속에 파묻혀 자연의 풍물을 종교적 애정을 담아 노래했다.

도연명 : 陶淵明(365~427). 중국 동진(東晉) 말기부터 남조(南朝)의 송대(宋代) 초기에 살았던 시인. 관직에서 물러나 가난하고 소박한 전원생활을 영위하며 기교를 부리지 않은 평담한 시풍으로 쓴 작품들을 남겼다.

라이너 마리아 릴케 : René Karl Wilhelm Johann Josef Maria Rilke(1875~1926). 프라하 출신의 독일 문인으로 유럽 각지를 유랑했다. 번뇌, 고독, 불안, 죽음, 사랑, 초월자 등의 문제에 관하여 깊이 있는 감수성과 섬세한 언어로 많은 시를 지었다.

촌에서 온 아이

촌에서 온 아이여

촌에서 어젯밤에 승합자동차乘合自動車를 타고 온 아이여

이렇게 추운데 웃동에 무슨 두룽이 같은 것을 하나 걸치고 아랫두리는 쪽 발가벗은 아이여

뽈다구에는 징기징기 양광이를 그리고 머리칼이 놀한 아이여

힘을 쓸랴고 벌써부터 두 다리가 푸둥푸둥하니 살이 찐 아이여

너는 오늘 아츰 무엇에 놀라서 우는구나

분명코 무슨 거짓되고 쓸데없는 것에 놀라서

그것이 네 맑고 참된 마음에 분해서 우는구나

이 집에 있는 다른 많은 아이들이

모도들 욕심 사납게 지게굳게 일부러 청을 돋혀서

어린아이들치고는 너무나 큰 소리로 너무나 뤼겁 많은 소리로 울어대는데

너만은 타고난 그 외마디 소리로 스스로웁게 삼가면서 우는구나

네 소리는 조금 썩심하니 쉬인 듯도 하다

네 소리에 내 마음은 반끗히 밝어오고 또 호끈히 더워오고 그리고 즐거워온다

나는 너를 껴안어 올려서 네 머리를 쓰다듬고 힘껏 네 작은

손을 쥐고 흔들고 싶다

　네 소리에 나는 촌 농사집의 저녁을 짓는 때

　나주볕이 가득 드리운 밝은 방 안에 혼자 앉어서

　실 감기며 버선짝을 가지고 쓰렁쓰렁 노는 아이를 생각한다

　또 여름날 낮 기운 때 어른들이 모두 벌에 나가고 텅 뷔인 집
토방에서

　햇강아지의 쌀랑대는 성화를 받어가며 닭의 똥을 주워 먹는
아이를 생각한다

　촌에서 와서 오늘 아침 무엇이 분해서 우는 아이여

　너는 분명히 하늘이 사랑하는 시인詩人이나 농사꾼이 될 것이
로다

1941. 4. 《문장》 3권 4호

두롱이 : 도롱이. 짚, 띠 따위로 엮어 허리나 어깨에 걸처 두르는 비웃.
앙광이 : 앙괭이. 음력 섣달 그믐날 밤에, 잠을 자는 사람의 얼굴에 먹이나 검정으로 함부로
　　그려 놓는 일.
지게군다 : 말을 듣지 않고 고집스럽다.
뒤겁 : 겁.
썩심하다 : 목이 잠기고 쉰 듯하다.
반끗히 : 방끗이. 닫혀 있던 입이나 문 따위가 소리 없이 살그머니 열리는 모양.
호끈히 : 후끈히. 홍분이나 긴장 따위가 갑자기 아주 고조되는 모양.
나주볕 : 저녁볕. '나주'는 '저녁'의 평안도 방언.
쓰렁쓰렁 : 일을 건성으로 하는 모양.

　　　　　　　　　　　　　　　　　　　흰 바람벽이 있어

조당藻塘에서

나는 지나支那나라 사람들과 같이 목욕을 한다
무슨 은殷이며 상商이며 월越이며 하는 나라 사람들의 후손들
과 같이
한 물통 안에 들어 목욕을 한다
서로 나라가 다른 사람인데
다들 쪽 발가벗고 같이 물에 몸을 녹이고 있는 것은
대대로 조상도 서로 모르고 말도 제각금 틀리고 먹고 입는 것
도 모두 다른데
이렇게 발가들 벗고 한 물에 몸을 씻는 것은
생각하면 쓸쓸한 일이다
이 딴 나라 사람들이 모두 이마들이 번번하니 넓고 눈은 컴컴
하니 흐리고
그리고 길즛한 다리에 모두 민숭민숭하니 다리털이 없는 것이
이것이 나는 왜 자꾸 슬퍼지는 것일까
그런데 저기 나무판장에 반쯤 나가 누워서
나주볕을 한없이 바라보며 혼자 무엇을 즐기는 듯한 목이 긴
사람은
도연명陶淵明은 저러한 사람이었을 것이고
또 여기 더운 물에 뛰어들며
무슨 물새처럼 악악 소리를 지르는 뼈뼈 파리한 사람은

양자楊子라는 사람은 아모래도 이와 같았을 것만 같다

나는 시방 옛날 진晉이라는 나라나 위衛라는 나라에 와서

내가 좋아하는 사람들을 만나는 것만 같다

이리하야 어쩐지 내 마음은 갑자기 반가워지나

그러나 나는 조금 무서웁고 외로워진다

그런데 참으로 그 은殷이며 상商이며 월越이며 위衛며 진晉이며 하는 나라 사람들의 이 후손들은

얼마나 마음이 한가하고 게으른가

더운 물에 몸을 불키거나 때를 밀거나 하는 것도 잊어버리고

제 배꼽을 들여다보거나 남의 낯을 쳐다보거나 하는 것인데

이러면서 그 무슨 제비의 춤이라는 연소탕燕巢湯이 맛도 있는 것과

또 어늬바루 새악씨가 곱기도 한 것 같은 것을 생각하는 것일 것인데

나는 이렇게 한가하고 게으르고 그러면서 목숨이라든가 인생人生이라든가 하는 것을 정말 사랑할 줄 아는

그 오래고 깊은 마음들이 참으로 좋고 우러러진다

그러나 나라가 서로 다른 사람들이

글쎄 어린아이들도 아닌데 쪽 발가벗고 있는 것은

어쩐지 조금 우스웁기도 하다

흰 바람벽이 있어

1941. 4. 《인문평론》 3권 3호

조당 : 藻塘. 짜오탕. '목욕탕'의 중국말.
삐삐 : 살가죽이 쭈그러져 붙을 만큼 바짝 여윈 모양.
양자 : 楊子. 중국 전국시대의 사상가. 쾌락적 인생관을 내세우고 극단적인 개인주의를 주장
    했음.
춤 : 침.
연소탕 : 고급 식재료인 바다제비집으로 만든 수프. 바다제비는 해안 절벽 80~100미터 높이
    에 해초와 생선뼈 등을 모아 침을 섞어 둥지를 만든다.
어느바루 : 어디쯤.

두보杜甫나 이백李白같이

오늘은 정월正月 보름이다

대보름 명절인데

나는 멀리 고향을 나서 남의 나라 쓸쓸한 객고에 있는 신세로
다

옛날 두보杜甫나 이백李白 같은 이 나라의 시인도

먼 타관에 나서 이날을 맞은 일이 있었을 것이다

오늘 고향의 내 집에 있는다면

새 옷을 입고 새 신도 신고 떡과 고기도 억병 먹고

일가친척들과 서로 모여 즐거이 웃음으로 지날 것이련만

나는 오늘 때 묻은 입든 옷에 마른 물고기 한 토막으로

혼자 외로이 앉어 이것저것 쓸쓸한 생각을 하는 것이다

옛날 그 두보杜甫나 이백李白 같은 이 나라의 시인詩人도

이날 이렇게 마른 물고기 한 토막으로 외로히 쓸쓸한 생각을
한 적도 있었을 것이다

나는 이제 어늬 먼 외진 거리에 한 고향 사람의 조고마한 가
업집이 있는 것을 생각하고

이 집에 가서 그 맛스러운 떡국이라도 한 그릇 사먹으리라 한
다

우리네 조상들이 먼먼 옛날로부터 대대로 이날엔 으레히 그
러하며 오듯이

흰 바람벽이 있어

먼 타관에 난 그 두보杜甫나 이백李白 같은 이 나라의 시인詩人도

이날은 그 어늬 한고향 사람의 주막이나 반관飯館을 찾아가서

그 조상들이 대대로 하던 본대로 원소元宵라는 떡을 입에 대며

스스로 마음을 느꾸어 위안하지 않았을 것인가

그러면서 이 마음이 맑은 옛 시인들은

먼 훗날 그들의 먼 훗자손들도

그들의 본을 따서 이날에는 원소元宵를 먹을 것을

외로히 타관에 나서도 이 원소元宵를 먹을 것을 생각하며

그들이 아득하니 슬펐을 듯이

나도 떡국을 놓고 아득하니 슬플 것이로다

아, 이 정월正月 대보름 명절인데

거리에는 오독독이 탕탕 터지고 호궁胡弓 소리 뺄뺄 높아서

내 쓸쓸한 마음엔 자꾸 이 나라의 옛 시인詩人들이 그들의 쓸쓸한 마음들이 생각난다

내 쓸쓸한 마음은 아마 두보杜甫나 이백李白 같은 사람들의 마음인지도 모를 것이다

아무려나 이것은 옛투의 쓸쓸한 마음이다

1941. 4. 《인문평론》 3권 3호

객고 : 객지에서 고생을 겪음. 또는 그 고생.

억병 : 실컷. 술이나 고기 등을 한없이 먹는 모양.

가업집 : 街業집. 길거리에서 하는 업소.

반관 : 飯館. 밥집.

원소 : 중국에서는 음력 1월 15일인 정월 대보름을 원소절(元宵)이라 하고, 이 날에 먹는 음
식을 원소(元宵)라 한다.

느꾸다 : '늦추다'의 방언.

오독독이 : 오독도기. 불꽃놀이에 쓰는 딱총의 하나. 화약심지에 불을 붙이면 터지는 소리를
내면서 불꽃이 떨어진다.

호궁 : 동양 현악기의 하나. 바이올린과 비슷한 악기로, 네 개의 현으로 이루어져 있으며 말총
으로 맨 활로 탄다.

　　　　　　　　　　　　　　　　　　흰 바람벽이 있어

머리카락

　큰마니야 네 머리카락 엄매야 네 머리카락 삼촌엄매야 네 머리카락

　머리 빗고 빗덥에서 꽁지는 머리카락

　큰마니야 엄매야 삼촌엄매야

　머리카락을 텅납새에 끼우는 것은

　큰마니 머리카락은 아릇간 텅납새에 엄매 머리카락은 웃칸 텅납새에 삼촌엄매 머리카락도 웃칸 텅납새에 텅납새에 끼우는 것은

　큰마니야 엄매야 삼촌엄매야

　일은 봄철 산 넘어 먼 데 해변에서 가무래기 오면

　흰가무래기 검가무래기 가무래기 사서 하리불에 구워 먹잔 말이로구나

　큰마니야 엄매야 삼촌엄매야

　머리카락을 텅납새에 끼우는 것은

　구시월 황하두서 황화당세 오면

　막대심에 가는 세침 바늘이며 추월옥색 꼭두손이 연분홍 물감도 사잔 말이로구나

1942. 11. 이전(으로 추정)
《매일신보》〈조선 시단의 진로〉(글 : 김종한)에서 발췌

빗덥 : 빗살 사이.
꽁지다 : 뭉쳐지다.
하리불 : 화롯불.
황하두 : 황해도.
황화당세 : 황아장수.

흰 바람벽이 있어

해방 이후의 작품

산山

머리 빗기가 싫다면
이가 들구 나서
머리채를 끄을구 오른다는
산山이 있었다

산山 너머는
겨드랑이에 깃이 돋아서 장수가 된다는
더꺼머리 총각들이 살아서
색시 처녀들을 잘도 업어간다고 했다
산山마루에 서면
멀리 언제나 늘 그물그물
그늘만 친 건넌산山에서
벼락을 맞아 바윗돌이 되었다는
큰 땅괭이 한 마리
수염을 뻗치고 건너다보는 것이 무서웠다

그래도 그 쉬영꽃 진달래 빨가니 핀 꽃바위 너머
산山 잔등에는 가지취 뻐국채 게루기 고사리 산나물판
산山나물 냄새 물씬물씬 나는데
나는 복장노루를 따라 뛰었다

흰 바람벽이 있어

1947. 11. 《새한민보》 1권 14호

더꺼머리 : 떠꺼머리. 장가나 시집갈 나이가 된 총각이나 처녀가 땋아 늘인 머리.
쉬영꽃 : 수영꽃. 마디풀과에 속하는 여러해살이풀. 5~6월에 담홍색 꽃이 핀다.
게루기 : '게로기(모싯대. 초롱꽃과의 여러해살이풀)'의 북한어.
복장노루 : 복작노루. 고라니를 이름.

칠월七月 백중

마을에서는 세벌 김을 다 매고 들에서
개장취념을 서너 번 하고 나면
백중 좋은 날이 슬그머니 오는데
백중날에는 새악씨들이
생모시치마 천진푀치마의 물팩치기 껑추렁한 치마에
쇠주푀적삼 항나적삼의 자지고름이 기드렁한 적삼에
한끝나게 상나들이옷을 있는 대로 다 내 입고
머리는 다리를 서너 켜레씩 들어서
시뻘건 꼬둘채댕기를 삐뚜룩하니 해 꽂고
네날백이 따백이신을 맨발에 바꿔 신고
고개를 몇이라도 넘어서 약물터로 가는데
무썩무썩 더운 날에도 벌 길에는
건들건들 시원한 바람이 불어오고
허리에 찬 남갑사 주머니에는 오랜만에 돈푼이 들어 즈벅이고
광지보에서 나온 은장두에 바늘집에 원앙에 바둑에
번들번들하는 노리개는 스르럭스르럭 소리가 나고
고개를 몇이라도 넘어서 약물터로 오면
약물터엔 사람들이 백재일 치듯 하였는데
봉가집에서 온 사람들도 만나 반가워하고
깨죽이며 문주며 섶가락 앞에 송구떡을 사서 권하거니 먹거

140   흰 바람벽이 있어

니 하고

그러다는 백중물을 내는 소내기를 함뿍 맞고

호주를하니 젖어서 달아나는데

이번에는 꿈에도 못 잊는 봉가집에 가는 것이다

봉가집을 가면서도 칠월七月 그믐 초가을을 할 때까지

평안하니 집살이를 할 것을 생각하고

애끼는 옷을 다 적시어도 비는 시원만 하다고 생각한다

1948. 10. 《문장》 3권 5호

백중 : 음력 칠월 보름. 승려들이 재(齋)를 설(設)하여 부처를 공양하는 날로, 큰 명절을 삼았다.

세불 김 : 세벌 김. 벼를 심은 논에 마지막으로 하는 김매기.

개장취념 : 개장국 추렴. '추렴'은 여럿이 각각 얼마씩의 돈을 내어 거둠을 이름.

천진푀치마 : 천진포(天津浦) 치마. 중국 톈진(天津)에서 생산된 베로 만든 치마.

물팩치기 : 무르팍에 이르는.

쇠주푀적삼 : 소주포(蘇州浦) 적삼. 중국 소주(蘇州)에서 생산된 베로 만든 홑옷 저고리.

항나 : 항라. 명주, 모시, 무명실 따위로 짠 피륙의 하나.

자지고름 : 자줏빛 옷고름.

한끝나게 : 한껏.

다리 : 예전에, 여자들의 머리숱이 많아 보이라고 덧넣었던 딴머리.

꼬물채댕기 : 고들개(채찍의 열 끝에 굵은 매듭이나 추같이 달린 물건) 같은 댕기.

네날백이 : 세로줄이 네 가닥으로 짜여진.

따백이 : 따배기. 곱게 삼은 짚신.

남갑사 : 남색 갑사(품질이 좋은 비단).

즈벅이다 : 지벅이다. 다리에 힘이 없어 서투르게 걷다.

광지보 : 광주리 보자기. '광지'는 '광주리'의 방언.

백재일 치듯 : 백(白) 차일 치듯. 흰 옷을 입은 사람들이 많이 모인 모양을 이름.

봉가집 : 본가(本家)집.

문주 : 문추. '부꾸미(빈대떡)'의 평안북도 방언.

섶가락 : 섭산적(쇠고기를 잘게 다져 갖은양념을 하고 반대기를 지어서 구운 적) 꼬치를 이름.

호주를하다 : 후줄근하다.

초가을 : 초가을걷이.

142   흰 바람벽이 있어

남신의주 유동 박시봉방 _{南州義州柳洞朴時逢方}

어느 사이에 나는 아내도 없고, 또,

아내와 같이 살던 집도 없어지고,

그리고 살뜰한 부모며 동생들과도 멀리 떨어져서,

그 어느 바람 세인 쓸쓸한 거리 끝에 헤매이었다.

바로 날도 저물어서

바람은 더욱 세게 불고, 추위는 점점 더해 오는데,

나는 어느 목수木手네 집 헌 삿을 깐,

한 방에 들어서 쥔을 붙이었다.

이리하여 나는 이 습내 나는 춥고, 누긋한 방에서,

낮이나 밤이나 나는 나 혼자도 너무 많은 것같이 생각하며,

딜옹배기에 북덕불이라도 담겨 오면,

이것을 안고 손을 쬐며 재 우에 뜻 없이 글자를 쓰기도 하며,

또 문밖에 나가지두 않고 자리에 누어서,

머리에 손깍지베개를 하고 굴기도 하면서,

나는 내 슬픔이며 어리석음이며를 소처럼 연하여 쌔김질하는
것이었다.

내 가슴이 꽉 메어올 적이며,

내 눈에 뜨거운 것이 핑 괴일 적이며,

또 내 스스로 화끈 낯이 붉도록 부끄러울 적이며,

나는 내 슬픔과 어리석음에 눌리어 죽을 수밖에 없는 것을

느끼는 것이었다.

그러나 잠시 뒤에 나는 고개를 들어,

허연 문창을 바라보든가 또 눈을 떠서 높은 천장을 쳐다보는 것인데,

이때 나는 내 뜻이며 힘으로, 나를 이끌어가는 것이 힘든 일인 것을 생각하고,

이것들보다 더 크고, 높은 것이 있어서, 나를 마음대로 굴려가는 것을 생각하는 것인데,

이렇게 하여 여러 날이 지나는 동안에,

내 어지러운 마음에는 슬픔이며, 한탄이며, 가라앉을 것은 차츰 앙금이 되어 가라앉고,

외로운 생각만이 드는 때쯤 해서는,

더러 나줏손에 쌀랑쌀랑 싸락눈이 와서 문창을 치기도 하는 때도 있는데,

나는 이런 저녁에는 화로를 더욱 다가 끼며, 무릎을 꿇어보며,

어니 먼 산 뒷옆에 바우 섶에 따로 외로이 서서,

어두어오는데 하이야니 눈을 맞을, 그 마른 잎새에는,

쌀랑쌀랑 소리도 나며 눈을 맞을,

그 드물다는 굳고 정한 갈매나무라는 나무를 생각하는 것이었다.

1948. 10. 《학풍》 창간호

남신의주 유동 박시봉방 : 南州義州柳洞朴時逢方. '신의주 남쪽 유동에 사는 박시봉 집에서'
　　라는 뜻으로 편지에 적는 발신인의 주소에 해당.

켠을 붙이다 : 주안을 붙임. 주인집에 세를 얻어 삶.

딜옹배기 : 질옹배기. 둥글넓적하고 아가리가 쩍 벌어진 아주 작은 질그릇.

북덕불 : 짚북데기를 태운 불.

굴다 : 구르다.

나줏손 : 저녁 무렵.

섶 : 옆. '섶'은 '옆'의 방언.

갈매나무 : 갈매나뭇과의 낙엽수. 잎은 마주나고 톱니가 있으며, 5월에 연한 황록색의 잔꽃이
　　잎겨드랑이에 한두 송이씩 핀다.

제3인공위성

나는 제3인공위성
나는 우주 정복의 제3승리자
나는 쏘베트 나라에서 나서
우주를 나르는 것

쏘베트 나라에 나서
우주를 나르는 것
해방과 자유의 사상
공존과 평화의 이념
위대한 꿈 아닌 꿈들……
나는 그 꿈들에서도 가장 큰 꿈

나는 공산주의의 천재
이 땅을 경이로 휩싸고
이 땅을 희망으로 흐뭇케 하고
이 땅을 신념으로 가득 채우고
이 땅을 영광으로 빛내이며
이 땅의 모든 설계를 비약시키는 나
나는 공산주의의 자랑이며 시위
공산주의 힘의, 지혜의

공산주의 용기의, 의지의

모든 착하고 참된 정신들에는
한없이 미쁜 의지, 힘찬 고무로
모든 사납고 거만한 정신들에는
위 없이 무서운 타격, 준엄한 경고로
내 우주를 나르는 뜻은
여기 큰 평화의 성좌 만들고저!

지칠 줄 모르는 공산주의여,
대기층을 벗어나, 이온층을 넘어
뭇 성좌를 지나, 운석군을 뚫고
우주의 아득한 신비 속으로
태양계의 오묘한 경륜 속으로
크게 외치어 바람 일구어
날아오르고 오르는 것이여,
나는 공산주의의 사절
나는 제3인공위성

1958. 5. 《문학신문》

미쁘다 : 믿음직하다.

공무여인숙

삼수三水 삼십리三十里, 혜산惠山 칠십리七十里
신파新坡 후창厚昌이 삼백 열리,
북두가 산머리에 내려앉는 곳
여기 행길가에 나앉은 공무여인숙.

오고가던 길손들 날이 저물면
찾아들어 하룻밤을 묵어가누나―
면양 칠백 마리 큰 계획 안고
군당을 찾아갔던 어느 협동조합 당위원장.
근로자학교의 조직과 지도를 맡아
평양대학에서 온다는 한 대학생,
마을 마을의 수력 발전, 화력 발전
발전 시설을 조사하는 군 인민위원회 일꾼.
붉은 편지 받들고 노동 속으로 들어가려
산과 땅 먼 임산사업소로 가는 작가……

제각기 찾아가는 곳 다르고,
제각기 서두르는 일 다르나
그러나 그들이 이 집에 이르는 길,
이 집에서 떠나가는 길

그것은 오직 한 갈래 길—사회주의 건설의 길.

돈주아 고삭아 이끼 덕이 치고
통나무 굴뚝이 두 아름이나 되는 이 집아,
사회주의 높은 봉우리 바라
급한 길 다우치다 길 저문 사람들
하룻밤 네 품에 쉬여 가나니,

아직 채 덩실하니 짓지 못한
산골 행길가의 조그마한 여인숙이라
네 스스로 너를 낮추 여기지 말라,
참구름 노던 투박한 자리로나마
너 또한 사회주의 건설에 힘 바치는 귀한 것이어니.

1959. 6. 《조선문학》

삼수 : 三水. 함경남도 북서쪽 압록강 지류에 접한 지역.
혜산 : 惠山. 함경남도 북동부에 위치한 고을.
신파 : 함경남도 삼수군(三水郡) 신파면(新坡面).
후창 : 평안북도 후창군(厚昌郡) 지역을 이름.
다우치다 : '다그치다'의 북한어.
덩실하다 : 건물 따위가 웅장하고 시원스럽게 높다.

갓나물

삼수갑산三水甲山 높은 산을 내려
홍원洪原 전진前津 동해바다에
명태를 푸러 갔다 온 처녀,
한 달 열흘 일을 잘해
민청상을 받고 온 처녀,
삼수갑산에 돌아와 하는 말이—

"삼수갑산 내 고향 같은 곳
어디를 가나 다시 없습데.
홍원 전진 동태 생선 좋기는 해도
삼수갑산 갓나물만 난 못합데."

그런데 이 처녀 아나 모르나.
한 달 열흘 고향을 난 동안에
조합에선 세 톤짜리 화물자동차도 받아
내일 모레 쌀과 생선 실러 가는 줄,
내일 모레 이 고장 갓나물 실어 보내는 줄.

삼수갑산 심심산골에도
쌀이며 생선 왕왕 실어 보내는

크나큰 그 배려 모를 처녀 아니나,
그래도 제 고장 갓나물에서
더 좋은 것 없다는 이 처녀의 마음.
삼수갑산 갓나물같이 향기롭구나—

1959. 6. 《조선문학》

홍원 전진 : 홍원군(洪原郡) 전진만(前津灣). 함경남도 중부 해안지대에 면한 지역. 전진만은
　　홍원만에 딸린 작은 만.

공동식당

아이들 명절날처럼 좋아한다.
뜨락이 들썩 술래잡기, 숨박꼭질.
퇴 위에 재갈대는 소리, 깨득거리는 소리.

어른들 잔칫날처럼 흥성거린다.
정주문, 큰방문 연송 여닫으며 들고 나고
정주에, 큰방에 웃음이 터진다.

먹고 사는 시름없이 행복하며
그 마음들 이대도록 평안하구나.
새로운 둥지의 사랑에 취하였으매
그 마음들 이대도록 즐거움구나.

아이들 바구니, 바구니 캐는 달래
다 같이 한부엌으로 들여오고,
아낙네들 아끼여 갓 헐은 김치
아쉬움 모르고 한 식상에 올려놓는다.

왕가마들에 밥을 짓고 국은 끓어
하루 일 끝난 사람들을 기다리는데

흰 바람벽이 있어

그 냄새 참으로 구수하고 은근하고 한없이 깊구나
성실한 근로의 자랑 속에……

밭 갈던 아바이, 감자 심던 어버이
최뚝에 송아지와 놀던 어린것들,
그리고 탁아소에서 돌아온 갓난것들도
둘레둘레 둘려놓인 공동 식탁 위에,
한없이 아름다운 공산주의의 노을이 비낀다.

1959. 6. 《조선문학》

뜨락 : 뜰.
퇴 : 툇마루.
정주 : 정주간. 부엌과 안방 사이에 벽이 없이 부뚜막에 방바닥을 잇달아 꾸민 부엌. 함경도 지
　　　방에서 많이 볼 수 있다.
이대도록 : 이토록.
최뚝 : 밭 가장자리의 둑.

축복

이 먼 타관에 온 낯설은 손을
이른 새벽부터 집으로 청하는 이웃 있도다.

어린것의 첫생일이니
어린것 위해 축복 베풀려는 이웃 있도다.

이깔나무 대들보 굵기도 한 집엔
정주에, 큰방에, 아이 어른―이웃들이 그득히들 모였는데.
주인은 감자국수 눌러, 토장국에 말고
콩나물 갓김치를 얹어 대접을 한다.

내 들으니 이 집 주인은 고아로 자라난 사람.
이 집 안주인 또한 고아로 자라난 사람.
오직 당과 조국의 품 안에서
당과 조국을 어버이로 하고 자라난 사람들.

그들의 목숨도 사랑도 그리고 생활도
당과 조국에서 받은 것이어라.

그리고 그들의 귀한 한 점 혈육도

흰 바람벽이 있어

당과 조국에서 받은 것이어라.

이 아침, 감자국수를 누르고 콩나물 데워
이웃 사람들을 대접하는 이 집 주인들의 마음에
이 아침 콩나물을 놓은 감자국수를 마주하여
이 집 주인들의 대접을 받는 이웃 사람들의 마음에
가득히 차오르는 것은 어린아이에 대한 간절한 축복
그리고 당과 조국의 은혜에 대한 한량없는 감사.

나도 이 아침 축복 받는 어린것을 바라보며,
당과 조국의 은혜 속에 태어난 이 어린 생명이
당과 조국의 은혜 속에 길고 탈 없는 한평생을 누리기와,
그 한평생이 당과 조국을 기쁘게 하는 한평생이 되기를 비노
라.

1959. 6. 《조선문학》

이갈나무 : 잎갈나무. 소나무과의 낙엽수.
토장국 : 된장국.

돈사의 불

깊은 산골의 야영 돈사엔
밤이면 불을 켠다.
한 오 리 되염즉, 기다란 돈사.
그 두 난골 낮은 처마끝에 달아
유리를 대인 기다란 네모 나무등에
가스불, 불을 켠다.

자정도 지난 깊은 밤을
이 불 밑으로 번식돈 관리공이 오고 간다.
2년 5산 많은 돼지를 받노라, 키우노라.
항시 기쁨에 넘쳐 서두르는
뜨거운 정성이, 굳은 결의가 오고 간다―

다산성 번식돈이 밤사이
그 잘 줄 모르는 숨소리 사이로.
1년 3산의 제2산 종부가 끝난 번식돈의
큰 기대 안겨주는 그 소중한, 고로운 숨소리 사이로,
또 시간 젖에 버릇 붙여놓은 새끼돼지들의
어미의 젖꼭지를 찾아 덤비는 그 다급한 외침소리 사이로.
그러던 그 관리공의 발길이 멎는다.

밤중으로, 아니면 날 새자 분만할 돼지의
깃자리 보는 그 초조한 부스럭 소리 앞에.
그 발길 이 기대에 찬 분만의 자리를 지켜 오래 머문다.

밀기울 누룩의 감자술 만들어 사료에 섞기도 하였다.
유화철 용액으로, 더운물로 몸뚱이를 씻어도 주었다.
그러나 한 번식돈 관리공의 성실한 마음 이것으로 다 못해
이제 이 깊은 밤을 순산을 기다려 가슴 조이며 분만 앞둔 돼
지의 그 높고 잦은 숨소리에 귀기울여 서누나.

밤이 더 깊어 가면 골 안에 안개는 돌아
돈사 네모등의 가스불빛도 희미해진다
그러나 돈사에는 이 불 아닌 또 하나 불이 있어
언제나 꺼질 줄도, 희미해질 줄도 없이 밝은 불.

이 불―한 해에 천 마리 돼지를 한 손으로 받아 사랑하는 나
라에 바치려, 사랑하는 땅의 바라심을 이루우려,
온 마음 기울여 일하는 한 젊은 관리공의
당 앞에 드리는 맹세로 켜진, 그 붉은, 충실한 마음의 불.

돈사 : 豚舍. 돼지우리.
2년 5산 : 두 해에 다섯 번 새끼를 침.
고롭다 : 괴롭다.
깃 : 외양간, 마구간, 닭둥우리 따위에 깔아 주는 짚이나 마른풀.

눈

초저녁 이 산골에 눈이 내린다.
조용히 조용히 눈이 내린다.
갈매나무, 돌배나무 엉클어진 숲 사이
무릿돌이 주저앉은 오솔길 위에
함박눈, 눈이 내린다.

초저녁 호젓도 한 이 외딴 길을
마을의 여인 하나 걸어간다
모롱고지 하나 돌아 작업반장네 집
이 집에 노전결이 밤 작업에 간다.

모범 농민, 군 대의원, 그리고 어엿한 당원—
박순옥 아맹이의 위에 눈이 내린다
지아비, 원수를 치는 싸움에 바치고
여덟 자식 고이 길러내는 이 홀어미의 어깨에,
늙은 시아비, 늙은 시어미 정성으로 섬기여,
그 효성 눈물겨운 이 갸륵한 며느리의 잔등에
눈이 내린다, 함박눈이 내린다.

이 여인의 마음에도 눈이 내린다

잔잔하고 고로운 그 마음에,
때로는 거센 물결치는 그 마음에
슬프고 즐거운 지난날의 추억들 위에,
타오르는 원수에의 증오 위에,
또 하루 당의 뜻대로 살은 떳떳한 마음 위에,
눈이 내린다. 눈이 쌓인다.

다정한 이야기같이, 살뜰한 쓰다듬같이
눈이 내린다.
위안같이, 동정같이, 고무같이
눈이 내린다.
이 호젓한 밤길에 눈이 내린다.
여인의 발자국을 그리며 지우며,
뜨거워 뜨거운 이 여인의 가슴속
가지가지 생각의 자국을 그리며 지우며
푹푹 나리여 쌓인다. 그 어느 크나큰 은총도
홀아비를 불러 낮에도 즐겁게
홀어미를 불러 이 밤도 즐겁게
더욱 큰 행복으로 가자고, 어서 가자고
뒤에서 밀고 앞에서 당기는 당의 은총아

밤길 위에,
이 길을 걷는 한 여인의 위에
눈이 내린다.
눈이 내려 쌓인다.
은총이 내린다.
은총이 내려 쌓인다.

1960. 3. 《조선문학》

노전 : 갈잎이나 조짚, 수숫대 또는 귀룽나무 껍질 따위를 엮어서 만드는 깔개.

전별

어제는 남쪽 집 처자의 시집가는 길
산 위 아마밭머리에 바래 보냈더니
오늘은 동쪽 집 처자의 시집가는 길
산 아래 감자밭둑에 바래 보내누나.

햇볕 따사롭고 바람 고로옵고
이 골짝, 저 골짝 진달래 산살구꽃은 곱고
이 숲속 저 숲속 뻐꾸기 멧비둘기 새소리 구성지고
동쪽 집 처자는 높은 산을 몇이라도 넘어
먼먼 보천普天 땅으로 간다는데
보천 땅은 뒷재 위에서도 백두산이 보인다는 곳.
사람들 동쪽 집 처자를 바래 보낸다
먼 밭, 가까운 밭에, 웅기중기 일어서
호미 들어, 가래 들어 그의 앞날을 축복한다.
말하자면 이 어린 처자는 그들의 전우
전우의 앞날이 빛나기를 빈다.
하루에 감자밭 천 평을 매 제끼는 솜씨—
이 솜씨 칭찬하는 마음도 이 축복에 따르고
추운 날 산 위에 우등불 잘도 놓던 마음씨—
이 마음씨 감사하는 마음도 이 축복에 따르누나.

흰 바람벽이 있어

동쪽 집 처자는 산길을 굽이굽이
뒤를 돌아보며, 돌아보며 밭길 무거이 간다.
가지가지 산천의 정이, 사람들의 사랑이
별리의 쓴 눈물 삼키게 하매
그 작은 붉은 마음 바쳐온 싸움의 터—
저 골짜기 발전소가, 이 비탈의 작잠장이
다하지 못한 충성을 붙들어놓지 않으매,
동쪽 집 처자는 고개를 넘어 사라진다.
그러나 그 깔깔대는 웃음소리 허공에 들리누나.
그러나 그 흘린 땀 냄새 땅 위에 풍기누나.
어제는 남쪽 집 처자를 산 위에
오늘은 동쪽 집 처자를 산 아래
말하자면 이 어린 전우들을 딴 진지로 보내는 것은
마음 얼마큼 서운한 일이니
그러나 얼마나 즐겁고 미쁜 일인가
그러나 얼마나 거룩하고 숭엄한 일인가!

1960. 3. 《조선문학》

아마 : 亞麻. 아마과의 한해살이풀. 껍질의 섬유로는 피륙을 짜고, 씨는 기름을 짜며 약재로
　　　도 쓴다.
바래 : 바래다. 가는 사람을 일정한 곳까지 배웅하거나 보내다.
보천 : 普天. 양강도 북동부에 있는 지역.
우등불 : '모닥불'의 북한어.
작잠장 : 柞蠶場. 멧누에고치를 기르는 곳.

흰 바람벽이 있어

강철 장수

멀지 않은 저 앞날에
또 하나 해가 솟으려 한다.
하늘의 해보다 더 밝은 해가
하늘의 해보다 더 뜨거운 해가

이 해는 공산주의 해
그 해 아래서는 온 세상 사람들
아무것에나 억눌리움 없이
하늘 나는 새와 같이 자유로이
아무것이나 그리움 없이
아침날의 꽃같이 풍만하게
그렇게 일하고 살아가는 세상.

우리나라는 지금
그 해를 바라 나아간다.
그 해를 어서 맞이하려
천리마의 기세로 달려 나아간다.

일곱 해가 지나는 날 우리나라가
그 밝은 해에 더욱 가까와지자고

힘세기로 이름난 여섯 장수가
나를 떠메고 나아간다.

석탄도 장수, 알곡도 장수,
철도 물고기도 집들도 장수,
그 가운데서도 가장 힘센 장수
그는 강철 장수란다.

강철 장수 앞장 서서 나아간다.
다섯 장수들이 뒤를 따른다.

강철 장수 다섯 장수들을 도와준다―
있는 제 힘 제대로들 다 쓰라고
뜨락또르 되여 알곡 장수를
쇠기둥이 되여 집 장수를
기관선이 되여 물고기 장수를
직포기가 되여 천 장수를.

공산주의 해를 바라
나라를 떠메고 내달리는

흰 바람벽이 있어

용감한 여섯 장수들의 앞에서
어머니 당이 걸어 가신다.
그들의 갈 길을 골라
어머니 당은 가리키신다.
그들이 길을 헛돌지 않도록
그들의 길이 막히지 않도록

다섯 장수들의 앞장에 서서
어머니 당을 따라 나아가는 강철 장수께
우리들 두 팔 높이 들어
큰 소리로 만세 외치자!

1962. 3. 《새날의 노래》

번역시

이사코프스키

원전

1. 『쏘련시인선집』. 고리끼 외, 백석·임학수 외 역. 연길: 연변교
   육출판사, 1953.
2. 『이싸꼽쓰끼 시초』. 백석 외 역. 연길: 연변교육출판사, 1954.

이사코프스키(1900~1973)는 러시아 공산주의 사회 건설
과정에서 사회주의 현실을 시로 형상화했다. 이중 백석
이 번역한 시는 「조국 찬송」, 「인민에게 영예를」, 「나의
우크라이나 우크라이나!」, 「잘 있느냐 쓰몰렌쓰크!」, 「아
들에게 하는 부탁」, 「여기에 붉은 병사 장사 지내다」,
「땅」, 「내가 자란 곳은 쓸쓸한 시골」, 「까츄샤」, 「봄」, 「살
틀한 것들」, 「다시 보자 거리야 오막살이야」, 「바람」, 「간
절한 편지야 날아가라」, 「우리 마을에 살아요」, 「로씨야
를 말함」, 「므·이·깔리닌의 돌아가심에 미쳐서」 등이 있
다. 여기서는 「내가 자란 곳은 쓸쓸한 시골」, 「까츄샤」,
「살틀한 것들」 3편을 실었다.
이사코프스키는 짧은 시 형식에 풍만한 서정과 리듬을
부여하여 조국과 향토에 대한 사랑을 노래했다. 「까츄샤」
와 같은 작품은 실제 노래로도 널리 불렸다. 그는 소비에
트 문학예술에 공헌한 업적으로 1950년에 레닌 훈장을
부여받았다.

내가 자란 곳은 쓸쓸한 시골

내가 자란 곳은 쓸쓸한 시골
거기는 농군들의 흥 없는 농담
복이 말을 타고 그들을 찾아온 걸
글쎄 그것을 부자놈들이 덮치었다는

내가 자라기는 남의 땅바닥
내 아버지며 할아버지 풀죽어 헤매이던 곳
여기서는 집집이 아마도 한 천년
가난히 아랫목에 앉았었더라

내가 자란 곳은 토박한* 벌판
길이란 길은 모두 안개 속에 잃어지고
어린것 재우는 어머니의 흥어리
미리부터 슬픈 팔자 노래했더라

흙덩이라 보습이라 탑죄지**라
내 고향 다만 이런 것이었더라
우리 세상 드높은 하늘 아래서

* 토박하다 : 땅이 기름지지 못하고 메마르다. 물건이 거칠고 볼품없다.
** '쟁기'를 뜻하는 평안북도 방언.

내 생각 자꾸만 고향으로 돌리라

내 생각이 에도는 지나간 세월
흐릿하고 거칠던 청춘의 한때
오늘은 우리 손에 잡은 모든 것
나날이 내게는 귀해만 져라

까츄샤

능금꽃 배꽃 활짝 피고
강 위엔 물안개 서리어라
까츄샤는 나왔더라 강기슭으로
그 높고 험한 강기슭으로

나와 서서 부르는 노래
풀밭에 사는 잿빛 독수리의 노래
그 사랑하는 사람의 노래
가슴에 안은 편지 임자의 노래

오 너 노래여 처녀의 노래야
밝은 해를 따라 날아가라
먼 국경의 병사 하나에게
까츄샤의 인사를 전해다고

그이가 수수한 이 처녀를 생각게 하라
이 처녀의 노래를 듣게 하라
그가 조국의 땅을 지키게 하라
그리고 까츄샤의 사랑도 지니게 하라

능금꽃 배꽃 활짝 피고
강 위엔 물안개 서리어라
까츄샤는 나왔더라 강기슭으로
그 높고 험한 강기슭으로

살틀한 것들

호두나무 수풀이야
익은 호두알 채롱*에 굽알지고
길섶에는 수물수물
나무 그림자는 져라

골을 돌아 벼랑을 돌아
버드나무 가지 사이사이로
고요히 또 수줍게
누으런 가랑잎 떠 흐르는 개울물

다람쥐 나뭇가지에 춤을 추고
벌거벗은 수풀 말이 없어라
구름장 틈으로 해는 비치어
흘겨보듯 볕살을 보내어라

수풀 섶에 조으는 말들
시당나무** 등걸에 기대었고나
그들이 꾸는 꿈엔

* 綵籠. 아름다운 색깔로 꾸민 바구니.
** 시당나무. 단풍나무과의 작은키나무.

흰 바람벽이 있어

들판에 소리 없이 눈보라 울어라

단층 학교집이
빙그레 창문으로 웃음 짓고
물까마귀 농업기술가처럼
거드름 빼며 밭을 거닐어라

풀밭에 사는 게우* 물웅덩이에
그 새빨간 게우발을 씻는……
이는 모두 다 이 내 몸의 것 모두 다 내 고향의 것
나를 살려온 것 나를 낳은 곳

---

* 거위.

푸시킨

원전 : 『뿌슈킨 선집 1 – 시편』. 백석, 김상오 외 역. 평양: 조쏘출판사, 1955.

시인이자 소설가였던 푸시킨(1799~1837)은 19세기 러시아 리얼리즘 문학의 개척자로 일컬어진다. 위 원전에는 그의 시 121편이 실려 있다. 번역에는 백석, 김상오, 김춘원, 김창순, 리창환, 리세희, 박일파, 박재성, 박영근, 박기원, 서만일, 최창섭, 하수홍, 홍종린, 홍동수가 참여했다. 이중 백석이 번역한 작품은 「짜르스꼬예 마을에서의 추억」, 「쓰딴스」, 「작은 새」, 「겨울 밤」, 「겨울 길」, 「젖엄마에게」, 「슬프고 가없는 이 세상 거친 들에서」, 「겨울 아침」, 「소란한 길거리를 내 헤매일 때면」, 「깝까즈」, 「한 귀족에게」, 「보로지노 싸움의 기념일」, 「순례자」 등 13편이다. 여기서는 「짜르스꼬예 마을에서의 추억」, 「쓰딴스」, 「소란한 길거리를 내 헤매일 때면」 3편을 실었다.

「짜르스꼬예 마을에서의 추억」은 푸시킨이 자신의 이름으로 처음 발표한 시로 그의 시 세계를 예고하는 대표작으로 꼽힌다. 백석의 번역은 외국문학이라 생각할 수 없을 만큼 유려한 언어로 조탁되어 있다.

짜르스꼬예 마을에서의 추억

음산한 밤의 천막이
희미시 잠들은 창궁에 드리웠도다.
괴괴한 정적 속에 골짜기와 수풀이,
잿빛 안개 속엔 먼 수림이 잠들고
하늘 덮은 밀림 속을 달리는 개울물 소리 들릴락 말락
잎새 위에 잠들은 바람 숨을 쉬는 듯 마는 듯
그리고 부드러운 달이 크다란 백조와 같이도
은빛 구름 속으로 헤엄쳐 가라.

헤엄쳐 가며 그 해쓱한 빛으로
주위의 만상을 비치어라,
오랜 보리수 닐닐이* 늘어선 길 눈앞에 틔었고
등성이며 풀밭은 환히 바라보이어라
여기 내 눈앞에는 어린 버들이 백양나무에 얼키어
수정같이 찬 물에 맑게 비최고,
들판의 공주인 듯 자랑스러운 나리꽃
화려하게도 아리땁게 피어 있고나.

* 닐닐하다 : 여럿이 줄지어 늘어서다.

층암 중중한* 뫼들로는 폭포수
구슬 같은 냇물 되어 흘러 떨어지고,
저기 그 고요한 호수에서는
여신들이 한가한 물결 되어 출렁거리고,
또 저기는 어마어마한 궁정이 잠잠한 속에
원주들에 받들린 채 구름 향해 달려가도다,
예가 아니러냐 하계의 온갖 신들이
평화한 날을 보내던 데가?
예가 아니러냐 미넬바**의 로씨야***의 신전이?

예가 아니러냐, 북방의 극락이,
아름다운 짜르쓰꼬예 마을의 동산이,
로씨야의 힘찬 독수리, 사자를 정복하고
평화와 위안의 품안에 잠들은 그곳이?
아! 위대한 여인의 권력 밑에
행복된 로씨야가 평온한 보호 아래 꽃 피며
영광의 화환을 머리에 얹는

* 중중하다 : 겹겹으로 겹쳐 있다.
** 미네르바. 로마신화에 나오는 지혜의 여신. 그리스신화의 아테나에 해당.
*** 러시아.

그 황금 같이 찬란한 때는 지나가버렸도다.

여기서는 걸음걸음 마음속에
지나간 날의 추억이 자라나도다.
제 좌우 돌보며 로씨야 사람 한숨과 같이 하는 말
"온갖 것은 다 사라졌다. 위대한 여인은 가버렸어라!"
이제 그는 생각에 잠겨, 풀 깊은 강 언덕에
바람결에 귀 기울이며 잠자코 앉았어라.
지나간 세월이 눈앞에 얼린거리고*
그리고 정신은 고요한 흥분 속에 잠겼더라.

그의 눈에 보여라, 물결에 휩쌔워,**
이끼 낀 벼랑 위에 비석 하나 높이 솟았음이.
그 위에 어린 독수리 날개를 펴며 앉아 있어라
무거운 사슬들, 또 번개 같은 화살들
세 번 어마어마한 망루의 주위를 감쌌도다.
발밑으론 사방에 소란한 소리 울리며
잿빛 성벽을 번듯거리는 물거품 속에 놓여 있어라.

* 얼린거리다 : 어른거리다.
** 휩쌔다 : 휩싸다.

흰 바람벽이 있어

무성하고 음산한 소나무 그림자 속에
허술한 비석 하나 솟아 있나니.
카굴강의 기슭이여, 이것은 얼마나 너를 위해 욕되었더냐!
그리고 사랑하는 조국엔 영광되었더냐!
아, 로씨야의 거인들이여, 그대들은 영원히 멸하지 않을 이들
이라
전쟁의 사나운 풍운 속에 싸움으로 걸리워진 그대들이여,
전우들이여, 에까쩨리나의 친구들이여
대대로 그대들의 이야기는 전하여 나리리로다.

군사 일 시비 소리 떠들썩 높은 세대여
로씨야의 영광에 찬 증인이여!
너는 보았더라, 오를롭이, 루만쯉이, 쑤보롭이
슬라브의 무서운 후손들이
쎕쓰의 번개 화살로 승리를 빼앗았음을
이들의 용감한 행동에 세상은 겁을 먹고 놀래였더라.
제르쟈원과 빼트롭은 이 영웅들께
소리 높이 거문고의 줄 울려 노래 부르지 않았더냐.

잊지 못하리, 그대는 빨리도 지나갔어라!

그리고 미구하여* 새로운 세대는
새로운 싸움과 전쟁의 공포를 보았나니
괴로움은 인간의 운명이어라.
흉계와 오만으로 왕관을 쓴 황제의
길들지 않은 손 안에서는 피 묻은 칼이 번쩍이도다.
만유의 채찍은 일어섰다 ── 잔인한 접전의
무서운 노을은 붉었어라.

이렇게 하여 원수는 로씨야의 벌판에
빠른 물 흐름처럼 밀려들었더라.
이들의 앞엔 깊은 잠 속에 풀밭이 음울하니 놓였고
땅은 피에서 오르는 김으로 서러웠어라.
평화로운 마을이며 거리들 안개 속에 불타고
그리고 하늘은 두루 노을로 옷 입고
무성한 나무판, 도망꾼을 감추고
그리고 또 벌판에 보습 한가로이 누웠고나.

그들은 간다 ── 그들의 군세 앞엔 거칠 것이 없어라.

* 미구하다 : 멀지 않다.

모든 것을 부시고 모든 것을 재로 만들고

그리하여 삘론의 죽은 군사들의 창백한 그림자

공중의 군대들과 합쳐 어두운 무덤 속으로 끊임없이 내려가

는도다.

아니면 괴괴한 밤에 수풀 속을 헤매고……

그러나 아우성 소리 커지었다! 그들은 안개 어린 골짜기로 나

아간다.

사슬 갑옷과 칼들의 철거덕 소리 높아라.

종족이 다른 군대여, 겁을 내이라!

로씨야의 아들들은 움직였도다.

늙은이도 젊은이도 일어섰도다. 대담한 무리들을 향해 날아

가는도다.

그들의 심장은 복수로 타올라라.

폭군이여 떨으라! 몰락의 때는 가까웠어라!

그대는 전사마다 장수임을 보리라.

이들의 뜻은 승리를 얻는 것

아니면 신념과 황제를 위해

싸움의 열중 속에 목숨 잃는 것.

날쌘 말들은 싸움에 열이 오르고
골짜기엔 군사들이 널려 있어라.
행렬에는 행렬이 달려 흐르며
모두 복수와 영광에 숨가빠하나니
그들의 가슴으론 미친 듯한 기쁨 넘어들어라.
그들은 장엄한 잔치터로 날아가라, 칼은 사냥감을 찾는도다
자 여기 싸움은 불꽃 튀고, 묏등에선 우레 울고,
칼들 삐국이* 찬 허공엔 화살 소리 획획거리고
그리고 방패에는 핏방울 튀어라.

싸웠더라. 로씨야 사람은 — 승리자로라!
그리하여 오만한 골놈들** 뒤로 도망쳤더라.
그러나 하늘의 주권자는 싸움에 세인 자를
마지막 빛으로 영광을 씌웠나니,
여기서 백발성성한 용사는 그를 낙담하게 하진 않았더라.
오, 보로지노의 피투성이 된 싸움터들이여!
너희들이 광분과 오만의 종국***들은 아니어라

* 삐국하다 : 빼곡하다.
** 갈리아인(Gauls). 철기 시대와 로마 시대에 갈리아에 살던 켈트인을 이름. 현재의 프랑스 지역.
*** 種麴. 누룩을 제조할 때 씨가 되는 것.

흰 바람벽이 있어

아! 크레믈리의 포탑에는 골놈들!……

모쓰크바 지경이여, 내 고향 땅이여
거기서는 꽃 피던 시절의 이른 아침에
슬픔도 불행도 모르던 나
아무 시름없는 황금의 때를 잃었더라.
그대들은 그들을, 내 조국의 원수들을 보았거니!
피는 그대들을 붉게 물들이고 불길은 그대들을 삼키었구나!
진실로 나는 복수와 목숨을 너에게 바치지 못하였더라……
헛되고나, 혼이 다못* 분한으로 불탔던 건!

 내 어디러냐, 백 개 조 종교령을 말하는 모쓰크바의 아름다움
이여
고향의 한껏 큰 매력이여!
전날엔 거대한 거리 눈에 보이던 그곳
이제는 다못 폐허 남았을 뿐이로고나.
모쓰크바야, 로씨야 사람들에게는 네 풀죽은 꼴이 얼마나 무
서우랴.

* 다만.

귀인과 황제의 고대광실은 사라지고
모든 것 불길이 가시어버렸더라.
포탑의 꼭대기는 떨어지고 부자들의 화려한 방들은 무너졌도
다.

그리고 그늘진 수풀과 동산들에,
화려함이 깃들었던 곳
미르트 향기 높고 보리수 설렁거리던 곳
거기엔 오늘 숯과 재와 티끌뿐.
아름다운 여름밤 만상이 괴괴한 때
거기는 흥겨워 요란한 소리 일지 않고
불빛 속에 강기슭과 밝은 수풀 번쩍이지 않고
모든 것은 죽고 모든 것은 말이 없어라.

로씨야의 뭇 거리의 어머니여, 기뻐하라
쳐들어온 놈들의 멸망을 보라.
이제 창조자의 복수의 매채*가
그들의 오만한 목덜미에 무거이 나렸도다.

* '채찍'의 함경도 방언.

흰 바람벽이 있어

보아라 그들은 도망치는도다, 감히 좌우를 살피지도 못하고

그들의 피는 멎지 않고 눈 위에 강을 이루어 흐르는고나

도망치누나 ─ 캄캄한 야밤중 그들을 주림과 죽음이 만나는

도다

그러자 뒤에서는 로씨야 사람들의 칼이 따라라.

오 구라파의 강대한 후손들이

뒤흔들어놓은 너희들

오 흉맹한 골놈들이여! 너희들은 무덤 속으로 떨어졌고나

오 무서움이여, 오 두려운 때여!

거만한 마음에 칼로 보좌를 떨어쳐버리리란 망상에

진리의 소리와 믿음과 율법을 업신여긴

행운아, 뻴론의 귀염둥이 너는

아침날의 무서운 꿈처럼 사라졌고나.

파리의 로씨야 사람들! 복수의 우등불은 어데냐?

갈리야야 머리를 숙여라!

그렇기로 내 눈에 보이는 건 무어냐?

영웅은 화평의 웃음 머금고 금빛 월계수를 들고 나오도다.

아직 멀리론 전쟁의 요란한 소리 들리고

한밤중 안개 속 풀밭같이 모쓰크바는 우울한데
그러나 그는 — 원수에게 멸망이 아니요 구원을
그리고 이 땅엔 복된 평화를 가져오나니.

에까쩨리나의 훌륭한 손자여!
어찌하여 하늘의 아오니다는
우리 시대의 소리꾼, 슬라브 민병의 탄창 시인처럼
나의 혼을 황홀한 마음으로 불태우지 않느뇨?
오, 만일 아폴론이, 시인들의 놀랄 만한 재능을
이때의 내 가슴에 끼쳐 준다면!
너에게 혼을 잃은 나, 하늘의 화음 되어 칠현금 소리 높이 울
렸으련만,
그리고 시간의 어둠 속에 빛났으련만!

오 싸움의 무서운 전열을 노래한
영감에 찬 로씨야의 시인이여!
그대네 친구들의 겨레 속에서
불타는 혼으로 황금의 거문고를 울려대이라.
그렇다, 또다시 조화된 소리 영웅에게 경의를 표하여 흘러나
오고

흰 바람벽이 있어

그리고 거문고 줄의 떨리는 가락, 가슴속에 불을 질러 놓나니,
이리하여 젊은 전사 싸움을 좋아하는 소리꾼의 노랫소리에
가슴 끓어오르고 떨리고 하는 것이어라.

쓰딴스(볼테르에서)

너는 내 혼이 활활 불타라 하누나
내게 흘러간 세월을 내어다오
나의 저녁노을에
나의 아침을 이어다오!

나의 세대는 보이잖게 지나가
웃음과 사랑의 울 밖으로
나더러 숨으라 때는 명한다
내 손을 잡아서는 끌어내인다.

그 앞에서 우리 순종해야 하리
누구나 그의 변덕스런 세월에
비위 맞출 줄 모르는 사람
그에겐 돌아오리 다만 세월의 불행.

날 새고 또 복된 젊은이들에게
정열의 헤매임을 남겨두자.
우리는 이 세상에 두 순간을 사나니
그 하나를 이성에 내어맡기자.

흰 바람벽이 있어

내 어린 시절의 사랑과 꿈 ―,
그대들은 참으로 영원히 갔나?
지나가는 이 나의 한때 청춘의
그 슬픔을 즐겁힌 그대들은?

우리는 으레 두 번 죽어야느니
달콤하던 꿈과 작별하는 것 ―,
이는 괴로움에서 오는 무서운 죽음!
그 뒤로 숨이 진다함 무슨 일인고?

어스럼히 저무는 이 내 세월에
저녁녘의 호젓한 어둠 속에
그 달콤한 꿈의 속임을 잃고
그렇게도 서글퍼한 이 내였고나.

힘없는 이 내 목소리에
우정이 손을 뻗히었을 때
그것을 살틀한 사랑과도 같이
그저 다만 부드러운 것이었더니.

나는 그에게 바쳤더라
즐겁던 청춘의 시들은 장미
그 뒤를 따르며 내 눈물 짓누나
내 다못 그의 뒤만 따를 수 있었으매.

흰 바람벽이 있어

「소란한 길거리를 내 헤매일 때면」

소란한 길거리를 내 헤매일 때면
사람 많은 교회를 내 들어갈 때면
철없는 젊은이들 더불어 내 끼일 때면,
그때면 나는 하염없는 꿈에 잠기어라.

이 내 하는 말 세월은 살같이 달려
여기 우리네 얼마나 눈앞에 있다기로
우리 다 같이 영원한 하늘 밑으로 가는 것이라,
그리고 그 뒤에겐 그럴 때도 이미 가까웠어라

공도란이 선 참나무 한 그루 내 바라볼 때면
그때면 이 내 염하는 마음 뭇 나무의 왕자
이는 내 조상들의 세대를 넘어 살듯
이 내 얼빠진 세대도 넘어 살으리라고

귀여운 어린이들 내 어루만져 사랑할 때면
그때면 어느덧 이 내 생각 용서하라!
내 너에게 자리를 내어주마.
나의 때는 썩고 네 것은 꽃이 피나니.

날은 날마다 해는 해마다
그 가운데 앞에 올 죽음의 기일
알아맞히려 갖은 애 쓰며
골똘한 생각 속에 보내는 내 버릇.

그 어데랴, 운명이 내게 죽음을 보낼 곳?
싸움판에, 방랑의 길에, 물결 속에?
아니면 이웃한 그 골짜기
내 싸늘한 송장을 받아들이랴?

아무것도 모르는 몸뚱이어니
어데서 썩으나 다름 있으랴.
그러나 살틀한 지경 가까이
나는 그대도록 영원히 눕고 싶어라.

죽음으로 들어가는 길 어구에서
젊은 목숨이 놀 대로 두라,
아무런 시름도 모르는 자연
영원한 빛에 빛나게 하라.

흰 바람벽이 있어

레르몬토프

원전: 『레르몬또브 시선집』. 백석, 김충원, 박우천 외 역. 평양: 조쏘출판사, 1956

이 선집에는 러시아의 대표적인 낭만주의 시인이자 소설가였던 미하일 레르몬토프(1814~1841)의 시 113편이 실려있다. 백석을 비롯해 김충원, 박우천 등이 번역에 참여했고, 이중 백석이 번역한 시는 「사려」, 「시인」, 「А.И.오도예브스끼의 추억」으로 3편이다. 여기서는 「사려」와 「시인」 2편을 실었다.

이 두 편의 시에는 허무주의, 애수 등의 정조가 짙게 풍긴다. 특히 「시인」은 푸시킨의 「시인인 친구에게」에 버금가는 무게를 지닌 것으로 평가받는다.

사려

슬픔에 차 내 우리 세대를 바라본다
그들의 앞날은 공허, 아니면 어둠,
그리고 분별과 의혹의 무거운 짐에 눌려
하는 일 없이 그들은 늙어버릴 것을.
우리들은 요람을 떠나기 바쁘게
머릿속에 풍성스럽게 물려받는 것 그것은
우리 조상들의 잘못과 그들의 때늦은 지혜,
이리하여 생활은 우리를 괴롭히나니
지향 없는 평탄한 길과도 같이
남의 명절에 벌어진 잔치와도 같이.
착한 것에도, 악한 것에도 부끄럽게 냉담한 우리,
인생행로의 첫걸음에 싸움도 없이 맥 빠졌더라.
우리는 위험 앞에 수치스레 비겁하고
권력 앞에는 비천한 노예들이라.
그것은 한낮 즐거* 익은 쭈그렁 과실 같아
우리의 입맛과 눈을 기쁘게 함이 없이
의지가지 없는 생내기**로 꽃 속에 달려 있거니
그것들의 아름다운 때는 곧 그 조락의 때

* '지레 또는 '미리'의 평안북도 방언.
** 생무지. 손을 대지 아니하여 그대로 있는 상태.

흰 바람벽이 있어

의혹과 불신에 의해 조소받는 정열의
그 훌륭한 희망과 고귀한 목소리를
가까운 사람과 친구들 앞에 질투하듯 감추며
우리는 소득 없는 학문으로 마음을 괴롭혔더라.
우리는 향락의 술잔 간신히 건드리었으나
그것으론 우리 청춘의 힘을 간직할 수 없었고
그 어느 즐거움에서나 포만이 두려워
가장 알뜰한 즙액만을 우리 영원히 짜내었더라.

시의 꿈도 예술의 창조도 그 황홀한 기쁨으로
우리의 마음을 흔들지 못하여라.
우리는 가슴속 감정의 찌꺼기를 안타까이 고이 지녀 가노나
인색하게 묻어둔 쓸데없는 재물을,
우리 때로 미워하고, 우리 때로 사랑하며
악한 것에나 사랑에나 아무것도 희생함 없어라.
우리의 피 속에 이글이글 불이 붙는 때
진실로 우리 맘속에선 그 무슨 숨은 냉담이 군림하노나.
참으로 갑갑할 뿐 우리 선조들의 호화로운 환락도
그네들의 어린아이 같은 솔직한 방탕도.
이리하여 우리 행복도 영광도 모르고

조소하듯 뒤를 돌아보며 무덤으로 달리어감이여.

이내 잊힐, 우울한 무리 되어
우리는 소리도 흔적도 없이 세상을 지나가리라.
아무런 풍부한 사상도 또 천재의 손대인 사업도
그 무엇 하나 시대에 던져 줌 없이.
그리하여 후대는 판사와 시민처럼 엄격하게
우리의 백골을 모욕하리라, 경멸에 찬 시구들로써
또 가산을 탕진한 아비를 두고 웃는
속아 넘은 아들의 쓰라린 조소로써.

시인

황금 장식으로 내 단검은 반짝인다
나무랄 데 없는 그 미쁜 칼날,
싸움 세인 동방에서 물려받은
남모르는 법으로 이 쇠 벼려졌다.

산속에 여러 해 유격전을 싸운 그것
봉사의 대가인 줄 알았으랴,
어느 가슴 하나에만 무서운 흔적 남긴 것 아니다
어느 갑옷 하나만을 찌른 것 아니다.

즐거움을 나눌 때는 종보다 더 유순하게
욕된 말에는 쯔르렁 소리로 대답하였다.
그 시절엔 호화로운 쪼아삭임*도
그것에겐 괴이하고 부끄러운 치레였으니.

어느 한 귀족의 차디찬 시신에 채였던 그것
쩨르끄강 넘어 한 용감한 까자크 거둔 바 되어
그 뒤로 아르메니야 사람의 흥성스런 가가**에

* 장식.
** 가게.

잊혀진 듯 오랫동안 놓여 있었다.

지금엔 이 불행한 영웅의 반려
싸움에 부서진 정다운 칼집을 잃고
아아, 어엿한 면목도 없이 아무 양심도 없이
한낱 황금 장난감으로 바람벽에 번쩍이노나.

누구 하나 익숙하고 살틀한 손으로
그것을 닦지도 쓰다듬지도 않는다.
그리고 누구 하나 새벽 기도 드리며
그 위에 아로새긴 글발 눈여겨 외지 않는다.

시인이여, 그대 제 사명을 잃어
오늘 우리 시대에 이처럼 기운 없지 않은가,
온 세상이 말없이 우러러보는
그 권력을 황금과 바꿈으로써.

그대의 거센 언사의 장단 맞은 소리
전사를 싸움으로 이끌어 그 가슴 불태웠더라.
그 소리 사람의 무리에겐 없지 못하였던 것

마치도 잔치 자리의 술잔, 기도 때의 향 같아.

그대의 시는 신령처럼 군중 위로 줄달음치고
그 고귀한 사상의 반향 온 곳에 울렸더라
옛 민회 망루에 매달린 종
사람들의 성사에도 흉사에도 울리듯.

그러나 우리는 무료하다, 그대의 솔직하고 고만한 말에,
우리를 즐겁히는 것은 허울 좋은 치레와 속임,
오래여 낡은 치레 같아, 우리의 낡은 세상은
연지 밑에 주름을 감추는 버릇 있구나.

비웃음을 산 예언자여, 그대 다시 잠을 깨어라
아니면 복수의 소리 들려올 때에도
경멸의 녹에 덮인 채, 그 언제나
황금 칼집에서 제 칼날을 빼지 않으려느냐?

나짐 히크메트

원전 : 『나짐 히크메트 시선집』. 백석, 전창식, 김병욱 역. 평양: 국립출판사, 1956.

나짐 히크메트(1902~1963)는 20세기 터키 문학을 대표하는 시인이자 극작가다. 그는 1921년에 러시아의 모스크바에 유학하여 마르크스·레닌주의와 러시아 문학을 배웠고, 1924년에 터키로 돌아가 혁명 활동을 하여 터키 정부로부터 수배를 받았다. 그는 작품을 출판할 때마다 투옥되었으며 생애 중 17년을 감옥에서 보냈다. 백석은 위 시선집의 서문 〈나짐 히크메트에 대하여〉를 직접 쓰면서 그를 '터키의 거대한 시인인 동시에 우리 시대의 가장 재능 있는 진보적 작가의 한 사람', '강의(剛毅)한 평화 투사이며 열렬한 애국자이며 위대한 공산주의자'로 일컬었으며, 그의 시에 대해서는 '가장 중요한 것을 가장 소박하게, 가장 아름답게 말'하였다고 평했다. "가장 훌륭한 시는 아직 씌어지지 않았다 / 가장 아름다운 노래는 아직 불러지지 않았다 / 최고의 날들은 아직 살지 않은 날들 / 가장 넓은 바다는 아직 항해되지 않았고 / 가장 먼 여행은 아직 끝나지 않았다"로 시작하는 히크메트의 시 「진정한 여행」은 류시화가 엮은 시집 『사랑하라 한번도 상처받지 않은 것처럼』(2005)에도 소개되어 널리 알려져 있다. 위의 책에 실린 히크메트의 시 58편 가운데 백석은 「우수」, 「옥중서한」, 「아나똘리야」, 「토이기 농민」, 「벨리-오글루 아흐메드」, 「목동 알리」 등 37편을 번역했다. 여기서는 「아이들에게 주는 교훈」, 「눈이 푸른 거인」, 「옥중서한」 3편을 실었다.

아이들에게 주는 교훈

장난질은
　네 권리.
그래 높은 담벽으로
　　기어올라라,
나무 위로 기어올라라,
높은 다락에서
　바라다보라
　　동이 터 옴을.
대위처럼
　억센 손으로
번개처럼 내달리는
　자동 자전차를
　　운전하라.
신학 과목
　공부 시간에
네 연필은
교사를 그려 놓는다,
　누가 보아도 우습도록.
자, 그는
　푸른 머리수건 두른 말라쟁이

206

이 연필로
　　그를 없애버려라.
어루만질 수 있는,
네 천국을
이 땅 위에 세우라
　　그리고 지리 교과서를 들어
그자들의 입을 닫혀 놓아라
　　네게 아담과 이브를 말하는 자들의.
다만 땅만을 알으라.
그리고 믿으라
　　　어머니를 믿듯
　　　　다만 그것만을.
제 땅을
지켜가라,
　살틀한 어머니를 지켜가듯

눈이 푸른 거인

눈이 푸른 거인이 살고 있었네.
그는 여인 하나, 작다란 여인 하나 사랑하였네.
여인은 언제나 꿈에 그리네,
창가에
　인동꽃 자라는
자그마한 집 하나.

이 거인의 사랑— 뭇 거인의 사랑 같아,
커다란 일에만 손이 뻗는 그
여인 위해 짓지 못했네 다락집 하나
창가에
　인동꽃 자라는
자그마한 집 하나.

눈이 푸른 거인이 살고 있었네
여인 하나, 작다란 여인 하나 사랑하였네.
그런데 작다란 이 여인 지치었네
거인의 가는 길을
그와 나란히 걸어가기.

　　　　　　　　　　　　　　　흰 바람벽이 있어

여인은 바랐네
뜨락 달린 아늑하고 조그마한 집
거기서 편안하게 쉬어 보기.
"작별해요!"
눈이 푸른 거인에게 여인은 말했네.
그러자 돈 있는 난쟁이 하나
여인을 그만 데려갔네.
창가에
　인동꽃 자라는
조그마한 집으로.

그래 이제 거인은 안다네,
거인의 사랑,
창가에
　인동꽃 자라는
조그마한 집에는
박아둘 수 없음을.

옥중서한

제1신

가죽띠에 내
　손톱으로 긁어
　　그대의 이름을 새겼고나……
그대 아는 대로 내가 있는 곳에는
　　대모 자루 칼은 없다 ―
　'날카로운 물건은 휴대를 금지'하니까 ―
푸르른 빛으로 축복받은
　소나무 한 그루 없다.
어쩌면 마당에 조그만 나무 하나 있을지도,
그러나, 사랑하는 사람아, 나는
머리 위에 구름장 하나 이지 못하리란다.

이 집에 살아 있는 우리 몇이나 될까 ―
　　나는 모른다.
나는 그들과 멀리 떨어져 ― 홀로 있고
그들은 나를 멀리 떨어져 ― 모여들 있다.
나는 이 구석에서
　다만 내 자신과만 이야기할 수 있는 신세,

　　　　　　　　　　　　　흰 바람벽이 있어

그러나, 사랑하는 사람아, 이것도 내게는 싫증이 나

  나는 그래 노래를 부른다.

그대도 아는 나의 목소리,

가락에 맞지 않는, 역스러운 이 소리

어쩌면 그렇게도 깊이 내 가슴에 스며들어

내 가슴 그만 찢어질 듯도.

그럴 때면 오동짓달에 맨발로 길을 가는

저 눈물 나는 이야기의 조그만 고아처럼

내 마음 울고 싶어진다,

제 푸른 눈과 자그마한 코를

        훔쳐가며……

그러다 울음 —

붉은 말에 올라 길을 가던 사람이

  그에게로 급히 달려오게 하려는 울음 아니다,

 그대를 물끄러미 노려보는 불길한 새들의

  그 부르짖음을 듣지 않으려는 울음 아니다 —

   아무것도 바라지 않는

   아무에게도 하소하지 않는

울음,

   의롭고 외로이

그저 다만 저를 위한

울음.

그런데 생각하라, 아내여 ―

　　　이런 슬픔이 내게는 조금도 부끄럽지 않다

내 가슴을 이렇듯 약한 것으로

　　　이렇듯 인간적인 것으로 느끼는 것이

　내게는 부끄럽지 않다……

아마 여기에는 원인들이 있을 듯도 하다

　　　심리적인 원인들이

　　　생리적인 원인들이 그리고 그저 그런 것들이

아마 그것에는 이런 것들이 죄가 있는지 몰라

　그 너머로는 봄바람 부는

　　　이 창문들의 살창이,

　　　이 난로가,

　　　이 옹기 물병이

　　　그리고 이 꺼먼 담벽들이……

　　…………………………………………

사랑하는 사람아!

지금은 다섯 시.

나의 창문 너머론 뿌우연 공지*,

　거기엔 제 수상한 속삭임 소리,

　거기엔 제 흙 지붕,

　거기엔 영원 속에 움직임 없이 서 있는

　다리 절름발이, 뼈깡챙이 제 말 한 필,

뿌우연 공지,

　거기엔 제 낡은 허술개들,

　거기엔 파쇠 구뎅이

　거기엔 결국

　옥에 갇힌 사람을

　미치게 할 수 있는 모든 것들……

공지,

그 너머론

　　저 붉은, 앙상한 초원.

머지않아 문득 밤이 닥치리라.

그러자 등불은 이르러

여원 말 한 필 놓인

　캄캄한 초원에 불을 밝히리라.

* 공지 : 空地. 공터.

그러자 지금 거기서 마치도
　얼굴 굳어져 놀지 않는, 죽은 사람처럼
　사지를 뻗쳐 벌어진 자연이
　갑자기 제 공간을 별들로 채우리라……
그러자 이미 잘 아는
　　　진부한 종말이 다다르리라.
다시 말하여
　나의 놀라운
　화려한 우수를 위하여
모든 것이 이루어지리라
　모든 것이 차비 되리라.

제2신

나의 귀여운 사람아,
내 그대에게 소중한 것 하나 말하리니 ―
고장의 바뀜 따라
　사람도 바뀌는 것이라
나는 감옥에서 꿈을 꾸는 것이 좋았더라.

마치도 정다운 손길같이

　문에서 빗장을 벗겨 주려

　그 네 군데 담벽을 뒤엎으려

　꿈은 찾아옴이여.

심상한 비유대로

　　고요한 물속으로 햇살 스며들 듯

　　나는 꿈속으로 잠겨버리노라.

귀여운 사람아,

나의 꿈은 참으로 좋아라,

나는 언제나 자유롭고

세상은 넓고 밝아.

꿈속에선 내 한 번도

　　깊은 물속에 떨어진 일 없이

　　남의 손에 붙잡힌 일 없이……

그대 내게 말하리라 —

　'꿈을 깨면 얼마나 무서우리까?!'

아니다, 나의 아내여,

　내게는 넉넉한 용기 없다 하랴,

꿈에는 다만

　꿈에 알맞은 것만 내어 맡기노라.

제3신

오늘은 일요일.
처음으로 내
해를 향해 이끌려 나오다.
진실로 내 평생 처음 놀랐노니
하늘이 어떻게나 푸르디푸른 것이며,
하늘이 어떻게나 나와 멀은 것이며,
내 까딱없이 햇볕 아래 서 있도다.
그러다 내 마음 스스로 숙어
내 땅으로 내려가,
비스듬 돌담벽에 기대어 서다……
그러자 모든 것 잊혀짐이여 ―
　　꿈이
　　자유가
　　그리고 나의 아내, 그대까지도……
나, 해 그리고 땅.
　　얼마나 내 복됨이뇨?

제4신

사랑하는 사람아,
그대나 나나 우리 포로의 신세 ―
나는 담벽 안에서
　　그대는 바깥 세상에서.
그러나 이것쯤 견디어 낼 수 있으리라,
그러나 이것은 하치않은 불행이리라.
　진실로 불행은 ―
　제 몸 속에 옥을 지니고 다니는 것이라.
세상엔 얼마나 많으랴
제 뜻 우러나, 아니면 제 뜻에 없이
이런 옥에 제 몸을 가두는 사람들이,
나의 아내여,
　　내 그대를 사랑하듯
그렇듯 내 사랑할 수 있는,
　　근로를 사랑하는
　　마음 착한
　　성실한 사람들이!

제5신

저녁.

아홉 시.

감옥 마당에 바라가 운다.

불이 켜진다.

감방 문들은 닫기었다.

이번엔 수감이

　여덟 해를 끄을었다.

산다는 것은 — 장난이 아니다.

알뜰한 사람아, 그대를 사랑하는 것 같아.

아직은 우리 살아가기 괴롭다.

그러나 무엇이랴,

　우리 살림은 좋은 징조들로 찼거늘.

제6신

사랑하는 이여, 내 그대를 생각함은 —

　이는 바로 희망이어라

　　　　　　　　　　　　　　　흰 바람벽이 있어

이는 가장 아름다운 입들에서
　　노래 들음과 같음이어라.
그러나 내 마음 이것으로 차지 않도다
희망으론 인젠 내게는 적어,
노래를 들음으론 내게는 적어
　　나는 노래를 부르고 싶어라!

제7신

알뜰한 사람아
우리들이 다 알지,
우리 주림도
　　추위도
　　고생도
지치어 맥이 빠진 채 일을 함도,
　　그리고 서로 헤어져 살아감도,
　　다 배워 알았음을.
우리 아직 다만 사람을 죽이는 일 배우지 않았다
그리고 아직은 우리 죽어야만 할 것도 아니다……

알뜰한 사람아!
우리들이 다 알지,
그리고 우리 다른 사람들을
　　가르칠 수도 있지,
어떻게 배반의 총불 밑에서
　　사람들을 위해 싸워야 하는 것인가를,
그리고 어떻게 날이 날마다 더욱 훌륭하게
날이 날마다 더욱 억세게
　　사랑하여야 하는 것인가를.

제8신

죽음을 만나기 위해
　　옥문을 나서며
우리 마지막으로 거리를 돌아볼 때,
사랑하는 사람아, 우리 말하리라 ―
'비록 예서 우리 별로 즐거운 일 없었다 해도
　그러나 거리야 너를 복되게 하려
　　우리 모든 것 다하였도다……'

　　　　　　　　　　　　　　　　흰 바람벽이 있어

행복을 위한 행군은 이어나간다
생명도 이어나간다.
우리들의 양심은 평안하다,
    그리고 우리는 안다
    그대의 노력으로 정직하게 얻은 빵이
        얼마나 단 것임을,
우리에게 섭섭한 건 다만 그대들의 불빛뿐
이렇게 우리 왔다가 이렇게 우리 간다……
부디 복되거라, 알레쁘 거리여!

제9신

이 가을밤에, 사랑하는 사람아,
나는 그대의 말들로 가득 찼고나,
시간처럼,
    물질처럼 영원하고
손처럼 무거웁고
    그리고 별들처럼
            반짝이는

말들로.
그대의 심장으로부터
이성으로부터
육체로부터
그것들은 내게로 왔다 그대의 말들이 ―
그대의 말들은 그대로써 가득 찼고나
그대의 말들은 여인 같아
　　　동무 같아,
그것들 슬펐고 그리고 쓰거웠고
그리고 달큼한 희망으로 차 있었다.
그것들 속엔 그리도 많은 용맹과 힘이 있어
그대의 말들은 사람들처럼 내게로 왔고나!

제10신

죽음과 승리의 소란한 소리 속으로
그대를 생각함이란 얼마나 즐거운 일인가
그렇다, 옥 안에서,
　나이 이미 마흔을 넘어

그대를 생각함이란……

여기 푸른 천 위에 놓인 채 잊혀진

  그대의 손이 있다

여기 그대의 머리털이 있다 —

  그 속엔 자랑에 찬 나의 땅과

  그리고 나의 스탐불*의 부드러움이 있고나.

그대를 사랑하는 행복이

  마치 한 사람 남같이 내 속에 산다.

그대를 생각함이란

  그대에게 글월을 적음이란

  그리고 콘크리트 감방에 번듯이 누워

  저물도록 그대를 바라봄이란,

얼마나 즐거운 일인가,

  그리고

  이리 이러한 날에, 시각에

  이리 이러한 곳에서

  그대가 말한 말들을 —

---

* Stamboul. 서기 330년 콘스탄티노플이란 이름으로 동로마제국의 수도가 되었으며 이어 오스만 제국에 이르기까지 1,600년 동안 수도로 기능했던, 터키의 도시 이스탄불(Istanbul)의 별칭.

실상 다름 아닌 말 그것들이 아니라

그 속에 온 세상이

담길 수 있었음을 추억함이란,

얼마나 즐거운 일인가.

그대를 두고 생각함이란 얼마나 즐거운 일인가.

내 그대를 위해 더욱 많은 물건을 만들리라 ―

내 조그만 상자와, 반지를 새기리라

　　세 메터짜리 비단을 짤리라

그러다가 문득 뛰어 일어나리라.

　　그리고 길길이

　　　　나의 창문의 살창에 달라붙으리라.

그리고 내 소리치리라

　　자유로운 푸른 하늘을 바라.

　　내 그대에게 적어 보낸 모든 것을……

죽음과 승리의 소란한 소리 속으로

　　그대를 두고 생각함이란 얼마나 즐거운 일인가.

그렇다, 옥 안에서

　　나이 이미 마흔을 넘어

그대를 두고 생각함이란.

제11신

바람은 부노나
　　바람은 지나가노나.
같은 바람은 두 번 다시
같은 가지를 흔들지 않으리라.
나무에선 새들이 지저귀노나 ─
　　날개들은
　　　날아야만 한다고……
문은 닫혔고나,
　그러니 억지로라도
　　그것을 열어야 하리라.
사랑하는 사람아, 내게는 그대가 있어야만 하겠노라!
내게는 있어야만 하겠노라,
　생활이 그대같이 아름다워지기 위해,
그대가 친구요 사랑하는 사람이던 것같이.
진실로 나는 아노라 ─
　고난의 잔치가 끝나지 않았음을,
그러나 새벽과 함께 그것이 끝날 것임을!

제12신

골짜기에선 뭇 나무들
　　마지막 힘들로 번쩍이어라.
빛 흐린 금과
　　구리와
　　청동의
번쩍임으로 번쩍이어라.
황소 다리
　물기 먹은 흙 속에
　　　푹석 잠기고
비에 젖은 뽀오얀 산들
　　젖빛 연기 속에
　　풍덩 빠지어라.

제13신

꽃단지들엔 아직 마지막 패랭이꽃 피건만
벌판에선 사람들 땅을 갈아라.

흰 바람벽이 있어

씨를 뿌림이여,

감람 열매를 거두움이여,

　　그리고 겨울 차비 속에

봄날 나무를 심을

　구멍들을 파놓음이여……

이때 내

　그대를 그리는 마음으로 차,

　그리고 나그네 길을 기다리는

　　조급한 마음에 눌려

마치 닻을 내린

　　　배처럼

내 부르쓰 항구에

　　　기다리고 있어라……

제14신

자 글쎄

아마 오늘은 가을이 끝날지도 몰라……

저기 쇄기치듯 닐닐이

기러기들 날아 지나간다.

분명 이즈닉 호수로 날아가리라.

대기는 쇄락도 하고나,

　대기는 연기 냄새 풍기노나

　　눈 냄새도……

이제 놓여난 내 몸이여!

말에 올라 빠른 걸음 놓아 이 산 저 산 내달리자……

"그러나 말 탈줄 모르시면서!"—

　　　그대 말하리라.

나를 비웃지 말라,

　　시기하지 말라 —

옥에 있어 나는 새로운 사랑 하나 맺은 것을,

내 거의 그대를 사랑하듯, 그렇듯

　자연을 나는 사랑한다 —

그렇건만 내게서는 멀고나

　　　그대네 둘이 모두!

제15신

정맥에서 꼴라오르는* 피런 듯
슬렁거리는, 그리고 따스한
　로도쓰의 바람이
　　　처음으로 분다.
내 대기에 귀를 기울인다.
맥박이 더디노나.
울르다그에 눈은 내렸고
키라즐리 산등걸엔
　우스꽝스러운 것이여, 건방진 것이여
　큰 곰, 작은 곰들
　　누런 밤나무 잎새 위에
　　잠들어 잔다.
산골짜기엔
백양나무들 거의 발가벗고
누에 새기들
제 오막살이들로 떠나갈 차비하고

---

* 꼴라오르다 : 솟아오르다.

이렇게 가을은
  각각으로 끝나가리라.
그리고 대지는
인제 곧
  수태의 무거운 잠에 떨어지리라.
이리하여 우리는
  우리들의 거창한 분노의
  지붕 밑에서
  거룩한 희망의
불을 쪼이며
  또 하나 이런 겨울을 나게 되리라.

제16신

지난밤 불시에 눈이 내렸다.
하이얀 가지들을 까마귀 날아
비로소 누리에 눈길을 던져보나 —
부르쓰의 큰 벌판은 겨울이다.

흰 바람벽이 있어

겨울도, 흰빛에 쌔운* 겨울.
참으로 영원함도 눈에 보일 듯……
그렇다, 내 사람아, 바로 그렇다 —
느릿느릿 땅밑 싸움 거퍼가며
계절은 단번에 껑충 바뀐다.
땅 밑에선 그래 다시 자연의 노력,
그리고 생활은
　　예대로 되어간다.

제17신

땅 위에 나는 앉아
　　땅을 들여다본다
　　풀들을 들여다본다
　　파리들을 들여다본다
　　푸른 꽃들을 들여다본다
그대는 봄날 땅 같구나, 사랑하는 사람아 —

* 쌔우다 : '싸이다'의 평안북도 방언.

나는 그대를 들여다본다.
번듯이 나는 누워
　　하늘을 바라본다
　　나무 가지들을 바라본다.
　　날아가는 황새들을 바라본다.
그대는 봄철 하늘 같구나. 사랑하는 사람아 —
　　나는 그대를 바라본다.
밤이면 나는 들판에 우등불을 지피고,
　　불을 만져본다
　　물을 만져본다
　　천들을 만져본다.
　　은전을 만져본다.
그대는 하늘의 별빛 아래 빨갛게 타는
　　우등불 같구나. 사랑하는 사람아 —
　　나는 너를 만져본다.
나는 사람들과 같이 있어,
　　사람들을 사랑한다
　　행동을 사랑한다
　　사상을 사랑한다
　　나의 투쟁을 사랑한다.

그대는 나의 투쟁 속에 있는 사람, 사랑하는 사람아,
　　나는 그대를 사랑한다.

제18신

이제,
　　이제, 이 순간에
그는 무엇을 하고 있나?
거리에 있나?
집에 있나?
누워 있나?
서 있나?
어쩌면 손을 들었을지 몰라,
　　글쎄 이는 수월한 몸놀림
오, 나의 장미여,
이제 네 희고
　　동그란 팔목이 드러났고나.
이제,
　　이제, 이 순간에

그는 무엇을 하고 있나?
어쩌면 그 무릎 위에
고양이 새끼 하나 응석부리며,
이것 더불어 그는 노는가?
아니면 방 안을 거니는가?
자 걸음발을 떼었다,
　　그러자 주저앉는다
그 다리가……
오,
내 가슴을
　걸어가는
사랑스러운
이 다리……
언제나
　불길한 날에,
내 몸 붙잡히는 날에
　또 내 마음 불안한 날에
　　나를 찾아오는
이 다리여!
그 무슨 생각에 그는 잠겼나?

나를 두고선가?

어쩌면 글쎄 —

　　누가 알랴 —

남비 안에서

　　너무도 너무도 오래 끓는

　　　당콩을 두고선가?

혹시

　　　슬픔을 두고,

이 땅 위에

　슬픔

　　그리고 많음을 두고,

그는 생각하는가?

이제,

　　이제, 이 순간에

무엇을 그는 하고 있나?

제19신

아름다운 중에서도 아름다운 바다는 —

아직 지나가지 않은 바다.
아름다운 중에서도 아름다운 아이는 ─
　　아직 다 자라지 않은 아이.
아름다운 중에서도 아름다운 세월은 ─
　　아직 오지 않은 세월.
그대에게 내 말하고 싶은
아름다운 중에서도 아름다운 말은 ─
　　아직 입 밖에 내지 않은 말.

제20신

세상에서 하는 말이
　　나의 스탐불의 빈궁은
　　　적을 수가 없다고.
세상에서 하는 말이
　　굶주림이 수많은 사람을 쓰러 눕힌다고.
세상에서 하는 말이
　　폐결핵이 사람들의 목을 잘라매었다고.
세상에서 하는 말이

조그마한 처녀 아이들을
　영화관의 복쓰들에서
　문짬들에서……
불길한 소식들이 온다
　먼 먼 나의 스탐불로부터,
가난한,
　근로를 사랑하는,
　성실한 사람들의 거리로부터.
스탐불, 나의 스탐불!
사랑하는 사람아!
그 어떤 징역살이로 내 추방 받아도
그 어떤 감옥에 내 앉아 있어도
그대가 사는 이 거리를,
　이 거리를 나는
베포대에 넣어 등에 지니고 다닌다,
마치도 나의 가슴속에
　아기를 그리는 마음을,
나의 두 눈 속에
　그대의 모습을
　　지니고 다니듯이.

제21신

먼 스탐불의 꺼먼 지붕들을 지나,
깊은 바다 밑을 나와,
가을 맞은 대지의 품을 떠나
내 가슴에 스며들었더라
　네 축축하고, 무르익은 목소리……
그것을 끄을기는 다해서 3분
그러자 전화는 묵하다.

제22신

우리네 아이들이 앓아누웠다.
그 아비는 옥에 갇히고.
지치운 손에 떨어진
　네 무거운 머리.
네 귀여운 눈은 웃음을 그치었고나……
우리네의 운명
　이것은 세계의 운명.

　　　　　　　　　　　　　흰 바람벽이 있어

무슨 일 있으랴.
사람들은 행복된 세월로
　멈춤 없이 사람들을 이끌어 가나니.
아들아이는 나으리라.
아비는 옥을 나오리라.
네 귀여운 눈은 또다시 웃으리라……
우리의 운명 ―
　　이것은 온 세계의 운명.

제23신

내게는
행복으로 끝나는 책들을 보내달라.
날개 부러진 비행기가
　평안히 비행장에 돌아오도록,
수술실을 나오는 외과의의 얼굴이
　이쁨으로 하여 빛나도록,
멀었던 어린애의 눈이 반짝 열리도록,
총살 그 순간에

결박된 빨찌산이

　구원을 받도록,

10년 두고 기다리는

　　편지

어느 한 새벽이

　새들과 함께 가져오도록,

시인이 쓰는

　　책들이

앞을 다투어 다 팔리도록

사랑하는 사람들 한몸 되어

　나중에는 으레히 혼례식이 있도록

아무나 다시 더는

　　자유를

　　빵을,

　　장미를,

　　해를

그리워하지 않게 되도록……

내게는

행복으로 끝나는 책들을 보내달라,

이는 다름 아니라

우리네 역사는
바로 그것 그대로
복된 결과로
끝날 것임을
내 믿고 사는 때문이어라.

제24신

앞으로 나아가는
한 오리 빛 속에 나는 있어라.
이 내 손 얼마나 안타까워하랴!
세상은 아름답고
봄은 한창.
바라보아도 바라보아도
내 눈에 싫지 않은 나무들이여,
나무들이여, 이리도 희망으로 가득찼고녀,
이리도 푸르디푸르고녀!
뽕나무 숲 새로
지나가는 오솔길

햇볕 담뿍 쏘였어라.
내 병원의 창문가에 있어
내 약 냄새 깨닫지 못해라.
필시 그 어디 패랭이꽃 벙글거리리
오랑캐꽃 피어났으리……
글쎄 그런데, 이스마일!
분명 일은
　　죄수로 되지 않음에 있는 것 아니라
　　항복하지 않음에 있는 것이라.

제25신

만약 누리씨의 도움으로
나의 거리, 나의 스탐불이
키파리스 나무 선채함을 내게 보냈다면,
만약 그 뚜껑이
'쩡' 소리 내며 열렸다면,
만약 그 속에
천 두 필과

흰 바람벽이 있어

속옷 두 벌과

그리고 은실로 수놓은

  열두 개의 흰 수건과

그리고 라반드꽃을 놓은 그물주머니와

그리고 나의 기쁨, 그대가 들어 있었다면 ─

나는 내 좁은 침대 끝에 그대를 앉혀놓았으리라.

그대의 발아래 승냥이 가죽을 깔아놓았으리라.

그리고 정중하니 손을 읍하고

  그대 앞에 내 서 있었으리라

그리고 바라보았으리라, 그대를 바라보았으리라 ─

  오, 그대 얼마나 아리따운가고!

황홀하니 바라보았으리라 ─

  원, 그대 얼마나 아리따운가고!

그대의 웃음 속엔

  스탐불의 물과 공기,

그대의 눈길엔

  나의 스탐불의 정열……

오 나의 둘도 없는 것이여,

나의 임금이여,

  만약 그대 허락하였더라면

그리고 만약 내 과감하였더라면
그대의 두 볼 위에서
 나는 호흡하였으리라
그리고 입 맞추었으리라
    나의 스탐불을
    나의 스탐불을, 나의 감옥의 꿈을!
그러나 내 간절히 바라는 것
 내 그대에게 가까이 하도록 분부하지 말라,
만약 그대 손이
 내 손을 다쳤더라면
나는 콩크리트 위에
 죽어 쓰러졌을 것만
        같구나.

제26신

나의 소뿔 위에 아침노을이 빛날 때
지긋한 자랑 속에 나는 밭을 간다,
그러면 나의 맨발 위엔 훈훈하고 누긋한 흙이……

흰 바람벽이 있어

연보랏빛 핏줄들이 설키어 근육을 째어놓듯
나는 낮때까지 쇠를 베른다,
그러노라면 컴컴하던 것이 검붉어진다.
세상에 이 잎새들에서 더 푸르른 것 있으랴!
더위 속에 나는 감람 열매를 줍는다,
나의 얼굴, 눈, 옷이 — 모두 빛이라.

나는 저녁마다 손들이 오길 기다린다.
비록 나의 집 비좁으나,
그러나 나의 문은 노래 위해 활짝 열려 있다.

밤이면 물속엔
무릎까지 잠그며 들어가 그물을 당긴다 —,
그물 속엔 고기와 별이 한덩어리로 뒤섞인다……
나는 책임을 진다, 온 유성의 운명에 대하여 —
땅에 대하여 그리고 인간에 대하여,
어둠과 광명에 대하여.
그대도 보리라, 나는 머리끝까지 일에 잠긴 몸,
나는 휴식도 잠도 잊어버린 걸.
오 장미여, 이야기 지껄여 내 마음 갈리게 하지 말아.

내 네에게 혹한 그것으로 하여 내 마음 바쁘다

제27신

나는 ― 뜨락또르,

그대는 ― 땅.

나는 ― 인쇄기,

그대는 ― 종이.

　나의 아내여,

　　　나의 아들의 어머니여.

그대는 ― 노래

나는 ― 악기의 줄,

나는 ― 남쪽 나라, 바람 좋은 밤,

그대는 ― 기슭에 서서

　안개 속에 어렴풋한

　　먼 불빛을 바라보는 여인.

나는 ― 물,

그대는 ― 물에 엎드려 그것을 마시는 사람.

나는 ― 지나가는 길손

흰 바람벽이 있어

그대는 — 내게 손을 흔들려
　　서둘러 창문을 여는 사람.
그대는 — 중국,
나는 — 모택동 군대.
그대는 — 필립핀에서 온
　　열네 살 난 처녀애,
　　　나는 미국 선원들의 손에서
　　너를 건져낸다.
그대는 — 아나똘리의 산들도
　　그 꼭대기에 있는 외로운 마을.
그대는 — 나의 거리, 가장 슬프고,
　　가장 아름다운 나의 거리……
그대는 — 구원을 바라는 외침,
　　나의 나라,
네게로 달리는 발걸음 — 이것은 나.

드미트리 굴리아

원전 : 『굴리아 시집』. 백석 역. 평양: 조쏘출판사, 1957.

드미트리 굴리아(1874~1960)는 아브하지야(그루지야로 불렸으며 현재의 조지아 자치공화국) 태생의 작가이자 시인이다. 그는 아브하지야를 무대로 한 토속적인 서정의 시를 주로 발표했다. 그의 시집에는 「배는 오다」, 「개미」, 「10월의 시」, 「비둘기」, 「젊은이들에게」 등 33편의 시가 수록되어 있으며 백석은 혼자서 그의 시집을 번역했다. 여기에는 「사슴」과 「산속의 여름」 2편을 실었다.

사슴

높은 산 깊은 골 험한 강가에
깨끗하고 헌칠한 사람은 섰고나……
세 해 된 소나무런 듯 그 뿔이여,
가느단 나뭇가지런 듯 그 다리여.

온 사방 두루 에워싸여도
무릎 꿇지 않으리라 이런 사슴으로는,
그 눈 타는 듯 빛을 퉁기며
쪼아 만든 사슴인 듯 우뚝 섰고나.

험한 기슭 밑 안개 감돌고
천길 벼랑 아득하기 연기런 듯.
있는 힘 다한 사슴이여
어찌하랴 죽으랴 항복하랴!

생각하리라 ― 사슴은 으레 빌붙으리라.
이제 사냥꾼은 산 그를 잡으리라……
그러나 사슴 천길 벼랑으로 내리꽂힌다
이 순간 사슴은 한 마리 날새.

사람들 천길 벼랑가에 넋을 잃고
덤덤히 사슴의 뒤를 따라본다,
다름없는 불패의 정신 자랑하며
안개 속에 그 모습 사라질 때까지……

오늘 나는 그대들에 알리고 싶다
그리도 거룩한 노래 하나 ─
종 되어 욕보며 살아남느니
차라리 자유로이 죽으라는 노래.

산속의 여름

1. 아브하지야

아브하지야 — 나의 나라
험한 산속에 놓인 나라,
여기엔 밝은 햇빛 흘러넘친다……
나의 나라 우러르는 하늘
높고도 맑음이여.

그대 햇빛 아래 거닐기 소원이지 —
벗이여, 이리로 어서 오라.
그대 실과와 좋은 꽃을 좋아하지 —
여기는 온 세상 실과와 꽃들.
우리는 진정으로 손들을 반기는 사람.
그대 바다로 가기 소원이지 —
남쪽 나라로, 아브하지야로 어서 오라.

비록 한동안 짧은 동안이나
어서 어서 와서 보라
행복된 나의 나라의
행복된 한 고장을.

2. 유람객들의 길

수풀 우거진 산에 오솔길 났네,
이 오솔길로 유람객들 지나가네.

가느단 소나무 밑 차랑차랑한 샘물
누구나 옆길 잡아 에돌지는 않네.

마치도 "길손이여, 마시라!" — 부르는 듯
이 샘물 다름 아닌 거울 같구나.

오솔길 따라 가던 유람객들
샘물에선 허리 굽혀 물을 마신다.

수도로부터 아이들은 와
이 샘물에 제 얼굴들 비쳐 보았다.

샘물 위엔 아름다움 비치었구나
벨로씨야 사람이, 라뜨비야 사람이, 토이기 사람이.

이들의 뒤를 밟아 또 비치었다
우리 편 또 다른 알뜰한 형제들이.

샘물은 적으나 흘러서 멎지 않는다
그것은 그 모든 큰 나라와 사이좋은 벗.

3. 자동차

저기 비구름보다 높이 떠
우레처럼 요란히 우는 것 무엇?
저기 험한 산벼랑 위에
눈부신 불이 번쩍이는 것 무엇?

그것은 산마루에 자동차 한 대
속력 다해 우리에게로 달려오는 것,
그리고 마치도 산속의 번개처럼
자동차의 두 눈방울을 번쩍이는 것.

이것은 그 유명한 고리끼 거리가

우리에게 선물을 가져다준 것.
이 자동차 새벽에는 초원을 달리더니
이제는 산 또 산을 오르내려 내닫누나.

자동차 마음 놓고 나는 듯 내달린다
마치도 옛말 속 날개 돋친 말같이.

4. 바다에서

모쓰크바에는
어느덧 초가을 징조……
우리게는 아직도 뜨거운 햇볕,
우리게는 아직도 여름 그대로.
만약 빙 두루 돌린 산들 싫증나면
또 있지 않느냐 흑해 좋은 들이,
우리네 좋은 벗이.

그 기슭엔 아이들 얼마나 많아!
아이들아, 나는 많은 이름 부를 수 있다 —

따뉴샤, 따마라,

나텔랴, 줄파라,

뻬뜨로, 미하일,

주랍, 이쓰마일,

까쓰뚜시와 올룐까,

와뉴사와 쓰멜

그러나 벗들아,

나는 그 이름 다는 생각 안 난다.

출렁출렁 바닷물을 흔들며,

종려나무, 포도 넝쿨

벗나무를 떠나서,

가지가지 열매로 뒤덮인 동산들을,

가지가지 빛깔의 꽃들을 떠나서

기슭을 따라 지나간다 ―

높다랗고 번쩍이고

거세고 아름답고

커다랗고 이름 높은

그 이름 '로씨야'라는

기선이 지나간다

모래강변에서, 큰 행길에서
손들을 흔들어댄다 —
따뉴샤가, 따마라가,
나텔라가, 줄파라가,
뻬뜨로가, 미하일이,
주랍이, 이쓰마일이,
까쓰뚜시와 올론까가,
와뉴사와 쓰멜이
그러나 벗들아,
나는 그 이름 다는 생각 안 난다.

산속에 있으면 참 좋구나,
그리고 또 참 좋구나
다름 아닌 바로 푸른 흑해가
넓디넓은 천지에 있으면.

5. 포도

햇빛 눈에 아니 비치는

포도 넝쿨 밑에 나는 앉는다.
잎새들 조용히 흔들리고
넉줄*은 늘진늘진 사려진다.

가을이면 나는 포도알을 짜
껄쭉하니 흐르는 그 짙은 물로
세상에도 좋은 포도주를 빚는다.
이 포도주를 병에 붓는다.

이 귀하디귀한 포도주를
나는 온 고장 두루 보낸다.
벗들아, 그대들의 건강을 빌어
어른들 사이좋게 잔을 들도록.

따뉴샤야, 따마라야,
나텔라야, 줄파라야,
뻬뜨로야, 미하일아,
주랍아, 이쓰마일아,

* 넝쿨.

흰 바람벽이 있어

까쓰뚜시와 올론까야,
와뉴사와 쓰멜아
내 그 이름 다 부를 수 없는
사랑하는 모든 벗들아.

너희들이 무럭무럭 어서 자라서
사랑하는 나라가 기뻐하라고
정다운 인민이 기뻐하라고
어머니도
아버지도
그리고 나도 기쁘라고.

수필
및
서간

마포麻浦

사장沙場은 물새가 없이 너무 너르고 그 건너 포플라의 행렬은 이 개포의 돛대들보다 더 위엄이 있다. 오래 머물지 못하는 돛대들이 쫓겨 달아나듯이 하구河口를 미끄러져 도망해 버린다. 나무 없는 건넌산들은 키가 돛대보다 낮다. 피부빛은 사공들의 잔등보다 붉다. 물속에 들어간 닻이 얼마나 오래 있나 보자고 산들은 물 위를 바라보고들 있는 듯하다.

개포에는 낮닭이 운다. 기슭 핥는 물결 소리가 닭의 소리보다 낮게 들린다. 저 아래 철교 아래 사는 모터보트가 돈 많은 집 서방님같이 은회색銀灰色 양복을 잡숫고 호기 뻗친 노라리 걸음으로 내려오곤 한다. 빈 매생이*가 발길에 채이고 못나게 출렁거리며 운다.

커다란 금휘장金徽章의 모자를 쓴 운전수들이 빈손 들고 내려서는 동둑을 넘어서 무엇을 찾는 듯이 구차한 거리로 들어간다. 구멍나간 고의를 입은 사공들을 돌아다보지 않는 것이 그들의 예의이다. 모두 머리를 모으고 몸을 비비대고 들어선 배들 앞에는 언제나 운송점運送店의 발간 트럭 한 대가 놓여 있다. 때때로 풍풍풍풍…… 거리는 것은 아마 시골 손들에게 서울의 연설을 하는지 모른다.

* 매생이 : 노로 젓게 된 작은 배.

흰 바람벽이 있어

여의도汝矣島에 비행기가 뜨는 날, 먼 시골 고장의 배가 들어서는 때가 있다. 돛대 꼭두마리의 팔랑개비를 바라보던 버릇으로 뱃사람들은 비행기를 쳐다본다. 그리고 돛대의 흰 깃발이 말하듯이 그렇게 하늘이 무서운 것이 아니라고 생각한다. 이럴 때에 영등포를 떠나오는 기차가 한강철교를 건넌다. 시골 운송점과 정미소에 내는 신년괘력新年掛曆의 그림이 정말이 되는 때다.

"마포는 참 좋은 곳이여!" 뱃사람의 하나는 반드시 이렇게 감탄한다.

흰 수염 난 늙은이가 매생이에서 낚대를 드리우지 않는 날을 누가 보았나? 요단강의 영지靈智가 물 위에 차 있을 듯한 곳이다.

강상江上에 흐늑이는 나룻배를 보면 「비파행琵琶行」*의 애끓는 노래가 들리지 않나 할 곳이다.

뗏목이 먼저 강을 내려와서 강을 올라오는 배를 맞는 일이 많다. 배가 떠난 뒤에도 얼마를 지나서야 뗏목이 풀린다. 뗏목이 낯익은 배들을 보내고 나는 때에 개포의 작은 계집아이들이 빨래를 가지고 나와서 그 잔등에 올라앉는다. 기름 바른 머리, 분칠한 얼굴이 예가 어딘가 하고 묻고 싶어 할 것이 뗏목의 마음인지 모른다.

---

* 당나라 중기의 시인 백거이(白居易, 772~846,)가 강주사마(江州司馬)로 좌천된 뒤 이듬해 (816) 가을에 비파 소리를 듣고 지은 시.

뱃지붕을 타고 먼산바라기를 하는 사람들은 저 산, 그 너머 산, 그 뒤로 보이는 하이얀 산만 넘으면 고향이 보인다고들 생각한다. 서울 가면 아무텟 산이 보인다고 마을에서 말하고 떠나온 그들이 서울의 개포에 있는 탓이다.

배들은 낯선 개포에서 본本과 성명을 말하기를 싫어한다. 그들은 머리에다 커다랗게 붉은 글자로 백천白川, 해주海州, 아산牙山…… 이렇게 버젓한 본을 달고 금파환金波丸, 대양환大洋丸, 순풍환順風丸, 이렇게 아름답고 길상吉祥한 이름을 써 붙였다. 그들은 이 개포의 맑은 하늘 아래 뿔 사납게 서서 흰 구름과 눈빨기를 하는 전기공장의 시꺼먼 굴뚝이 미워서 이 강에 정을 못 들이겠다고 말없이 가버린다.

1935. 11. 《조광》

흰 바람벽이 있어

편지

　이 밤 이제 조금만 있으면 닭이 울어서 귀신이 제집으로 가고 육보름날*이 오겠습니다. 이 좋은 밤에 시꺼먼 잠을 자면 하이얗게 눈썹이 센다는 말은 얼마나 무서운 말입니까. 육보름이면 옛사람의 인정 같은 고사리의 반가운 맛이 나를 울려도 좋듯이 허연 영감 귀신의 호통 같은 이 무서운 말이 이 밤에 내 잠을 쫓아버려도 나는 좋습니다. 고요하니 즐거운 이 밤 초롱초롱 맑게 괸 샘물 같은 눈으로 나는 지금 당신께서 보내주신 맑고 고운 수선화 한 폭을 들여다봅니다. 들여다보노라니 그윽한 향기와 새파란 꿈이 안개같이 오르고 또 노란 슬픔이 냇내**같이 오릅니다. 나는 이제 이 긴긴 밤을 당신께 이 노란 슬픔의 이야기나 해서 보내도 좋겠습니까.

　남쪽 바닷가 어떤 낡은 항구의 처녀 하나를 나는 좋아하였습니다. 머리가 까맣고 눈이 크고 코가 높고 목이 패고 키가 호리낭창하였습니다. 그가 열 살이 못 되어 젊디젊은 그 아버지는 가슴을 앓아 죽고 그는 아름다운 젊은 홀어머니와 둘이 동지섣달에도 눈이 오지 않는 따뜻한 이 낡은 항구의 크나큰 기와집에서 그늘진 풀같이 살아왔습니다. 어느 해 유월이 저물게 실비 오는 무더운 밤에 처음으로 그를 안 나는 여러 아름다운 것에 그를 견주어 보았습니다. 당신께서 좋아하시는 산새에도 해오라비에

* 음력으로 매달 열엿샛날. 이때는 정월 대보름 다음 날로 추정.
** '연기' 또는 '연기의 냄새'를 이르는 평안도 방언.

도 또 진달래에도 그리고 산호에도…… 그러나 나는 어리석어서 아름다움이 닮은 것을 골라낼 수 없었습니다.

총명한 내 친구 하나가 그를 비겨서 수선이라고 하였습니다. 그제는 나도 기뻐서 그를 비겨 수선이라고 하였습니다. 그러한 나의 수선이 시들어갑니다. 그는 스물을 넘지 못하고 또 가슴의 병을 얻었습니다. 이 이야기는 이만하고, 나의 노란 슬픔이 더 떠오르지 않게 나는 당신의 보내주신 맑고 고운 수선화의 폭을 치워놓아야 하겠습니다.

밤이 아직 샐 때가 멀고 또 복밥*을 먹을 때도 아직 되지 않았습니다. 이제 나는 어머니의 바느질그릇이 있는 데로 가서 무새헝겊이나 얻어다가 알록달록한 각시**나 만들면서 이 남은 밤을 당신께서 좋아하실 내 시골 육보름밤의 이야기나 해서 보내도 좋겠습니까.

육보름으로 넘어서는 밤은 집집이 안간으로 사랑으로 웃간에도 맏웃간에도 누방에도 허청에도 고방에도 부엌에도 대문간에도 외양간에도 모두 쩨듯하니 불을 켜놓고 복을 맞이하는 밤입니다. 달 밝은 마을의 행길 어디로는 복덩이가 돌아다닐 것도 같

---

* 백가반(百家飯). 정월 대보름에 여러 집에서 얻어온 밥을 먹는 풍속 또는 이 밥을 이르는 말. 통영에서 '복밥'이라 일렀다.
** 조그맣게 색시 모양으로 만든 여자 인형.

흰 바람벽이 있어

은 밤입니다. 닭이 수잠을 자고 개가 밥물을 먹고 도야지 깃을 들썩이는 밤입니다. 새악시 처녀들은 새옷을 입고 복물을 긷는 다고 벌을 건너기도 하고 고개를 넘기도 하여 부잣집 우물로 가서 반동이에 옹패기에 찰락찰락 물을 길어오며 별 같은 이야기를 재깔재깔하는 밤입니다. 새악시 처녀들은 또 복을 가져오느라고 달을 보고 웃어가며 살기*같이 여우같이 부잣집으로 가서는 날쌔기도 하게 기왓골의 기왓장을 벗겨오고 부엌의 솥뚜껑을 들어오고 곱새담의 짚날을 뽑아오고…… 이렇게 허물없는 즐거움 속에 끼득깨득하는 그들은 산에서 내린 무슨 암짐승들이 되어버리는 밤입니다. 그러다는 집으로 들어가서 마음 고요히 세 마디 달린 수숫대에 마디마다 콩 한 알씩을 박아 물독 안에 넣는 밤인데 밝은 날 산 끝이라는 웃마디, 중산이라는 가운 뎃마디, 해변이라는 밑마디의 그 어느 마디의 콩이 붙는가를 보고 그 어느 고장에 풍년이 들 것을 점칠 것입니다. 그러다는 닭이 울어서 새날이 되면 아홉 가지 나물에 아홉 그릇 밥을 먹으며, 먹으면 몸 솔쐐기**가 쏜다는 김치와 먹으면 김맬 때 비가 온다는 물을 자꾸 먹고 싶어 하는 밤입니다. 이렇게 해서 육보름의 아침이 됩니다. 새악시 처녀들은 해뜨기 전에 동리 국수당의

* '살쾡이'의 방언.
** '송충이'의 평안도 방언.

스무 나뭇가지를 쪄오래서 가시가시에 하이얀 솜을 피우고, 그 솜밭 속에 며칠 앞서부터 스물이고 서른이고 만들어놓은 울긋불긋한 각시와 새하얀 할미를 세워서는 굴통담에 곱새담에 장독담에 꽂아놓는데, 이렇게 하면 이 해에는 하루같이 목화밭에서 천 근 목화가 난다고 믿는 그들이 새옷의 스척이는 소리도 좋게 의좋은 짝패들끼리 끼리끼리 밀려다니며 담장마다 머물러서는 목화 따는 할미며 각시와 무슨 이야기나 하는 듯이 즐거워하는 것입니다.

(닭이 우나?) 아 닭이 웁니다. 나는 이만 이야기를 그치고 복밥을 기다리는 얼마 아닌 동안 신선과 고사리와 수선화와 병든 내 사람이나 생각하겠습니다.

1936. 2. 21. 《조선일보》

무지개 뻗치듯 만세교

함마 천 평 넓은 벌이 툭 터진 곳에 동해 좋은 바다가 곁들이고 신흥, 장진 선선한 바람이 넘나들고…… 함흥은 서늘업게 태어난 고장이다. 아카시아, 백양목의 그늘이 좋고 드높은 하늘에 구름이 깨끗하고 샘물이 차고 달고……. 함흥은 분명히 서늘업게 태어난 고장이다. 이 서늘어운 도시에 성천강 좋은 물이 흘러 더욱 좋다. 강은 한번 마음대로 넓어보아서 북관놈의 마음씨 같이 시원한데 산빗물 불은 이 강에 백운산 하이얀 뭉게구름이 날리고 정화릉 백구새 날리고 신흥 골동바람이 날리는 때 함흥사람도 같이 뛰어들어 천상의 서늘어옴을 얻으며 자랑웃음을 웃는다. 강은 해정한 사주沙洲를 어루만지며 날아가고 푸르른 동둑은 강을 따라 한없이 뻗는데 동둑을 걸으면 걷는 몸이 온통 푸르르고 눈을 들어 쳐다보면 관모, 백운에 흰 눈이 하여 몸속에 찬기가 오싹하는 것은 함흥사람이다. 강이 넓으니 다리가 길어 만세교인데 난간에 기대이면 함흥벌 변두리가 감감쇠리하여 태고같이 아득하고 장진산골 날여멕이 바람이 강물을 스쳐와 회이한 선미仙味가 구름 위에 떴구나 하고 생각게 하는데 낮보다도 낮이 기울고 개밥바래기 별이 떠서부터 모작별*이 넘어가는 밤 동안 그 위를 지중지중 거니는 것은 함흥사람이 서울사람의 경

---

* '금성'의 방언. 새벽에 뜬 금성을 '샛별', 저녁 무렵에 뜬 금성을 '개밥바라기별'이라 부름.

복궁과 바꾸지 않을 것인 것이다.

그러나 함흥은 강과 다리에 그 냉미冷味를 다하지 않는다. 진산 반룡산의 조망과 바람에서 얻는 냉미! Y여학교의 뒤로 서양인 선교사들의 집을 지나 공자묘의 뒷담벽을 대어 이 산마루로 올라타면 벌써 날아갈 듯한 바람이 획획 마주내받고 눈을 들면 신흥 장진의 컴컴하니 그늘진 체모가 함주 연산의 수장한 모습이며 동해의 말숙하고 새틋한 양자樣姿가 모두 오장육부의 더위를 몰아내이는데 이제 이 산마루 어데바루 낙엽송이나 적송 그늘 좋은 밑에 함흥 소주잔을 기울이는 냉미는 반천 년 고도의 심장이 아니면 알지 못할 것이다.

함흥의 서늘어움은 그래도 동해를 두고는 없다. 서함흥역에서 한 20분 가면 구룡리 해수욕장이다. 동해의 맑은 물에도 맑은 물인데 10리에 넘는 기나긴 모래사장이 테를 쭉 두르고 앞에는 눈길을 가로막는 것이 없이 쪽빛 같은 바다가 뱅글뱅글 돌아간다. 물결이 좀 높으나 높은 대로 또 시원한 맛이 있고 그리 멀리 엿지* 못하나 그런대로 또 물은 정해서 좋다. 발뒤꿈치로 물 밑을 쑤시면 대합조개 명주조개 고초조개 같은 것이 집히우고 세모래가 부드러워서 모래찜이 간지럽게 좋고 어쩐지 엑조틱한

* 엿다 : '엿보다'의 옛말.

정서가 해조 내음새같이 떠도는 이 해빈海濱에서 까닭 없이 알착하니 가슴을 앓는 것은 나뿐이 아닐 터이지만 지난여름 어느 날 백계로인의 어여쁜 처녀들을 이 해변에서 만난 뒤로 나는 이 구룡을 생각하는 마음이 아주 간절해졌다.

흥남, 천기리의 조질계朝窒系 공장들이 가까운 곳인데도 구룡은 바다에 기름이 뜨지 않고 더러운 쇠배가 뜨지 아니하고 해서 그보다 좋은 서호진이 예서 멀지 않으나 서호는 제대로 행세하는 탓에 함흥사람들은 가까운 이 구룡을 내 것같이 여기고 다니는 것이다. 남량이면 다시 더 없을 것이나 또 남량의 풍류를 함흥이 모른대서는 아니다. 만세교를 건너는 낚시질꾼들의 멋들어진 체모를 보고는 얼만하지 않은 풍류가 서상리의 늪에 개울에 그 늪에 그 개울에 드리운 낚싯대에 그 낚싯대에 달려나오는 은빛 비늘에 얻는 것을 알 것이다. 벼 푸른 논 가운데 작은 삿갓의 그늘을 신세지고 서서 낚는 손바닥 같은 늡고기 붕어 수양버들 늘어진 아래 자리 깔고 앉아 낚는 개울고기 천에, 버들지, 이렇게 해서 천렵이 벌어지는 서늘어움을 10리계에 두고 사는 함흥사람들은 함흥이란 데만큼 살기 좋은 고장이 없다고 좀 야무지나마 투박한 사투리로 말하는 줄 아십니까.

1937. 8. 1. 《조선일보》

입춘立春

이번 겨울은 소대한 추위를 모두 천안 삼거리 마른 능수버들 아래 맞았다. 일이 있어 충청도 진천鎭川으로 가던 날에 모두 소대한이 들었던 것이다. 나는 공교로이 타관 길에서 이런 이름 있는 날의 추위를 떨어가며 절기라는 것의 신묘한 것을 두고두고 생각하였다. 며칠내 마치 봄날같이 땅이 슬슬 녹이고 바람이 푹석하니 불다가도 저녁결에나 밤사이 날새*가 갑자기 차지는가 하면 으레 다음 날은 대한이 으등등해서 왔다. 그동안만 해도 제법 봄비가 풋나물 내음새를 피우며 나리고 땅이 눅눅하니 밈** 이 돌고 해서 이제는 분명히 봄인가고 했는데 간밤 또 갑자기 바람결이 차지고 눈발이 날리고 하더니 아침은 또 쫑쫑하니 날새가 매찬데 아니나 다를까 입춘이 온 것이었다. 나는 실상 해보다 달이 좋고 아침보다 저녁이 좋은 것같이 양력陽曆보다는 음력陰曆이 좋은데 생각하면 오고가는 절기며 들고나는 밀물이 우리 생활과 얼마나 신비롭게 얽히었는가.

절기가 뜰 적마다 나는 고향의 하늘과 땅과 사람과 눈과 비와 바람과 꽃들을 생각하는데 자연이 시골이 아름답듯이 세월도 시골이 아름답고 사람의 생활도 절대로 시골이 아름다울 것 같다. 이번 입춘이 먼 산 너머서 강 너머서 오는 때 우리 시골서는

---

* '날씨'의 방언.
** 봄철이나 가을철에 생나무의 껍질과 나무속 사이에 생기는 물기가 많고 진득진득한 물질.

흰 바람벽이 있어

이런 이야기가 왔다. 우리 고향서 제일가는 부자가 요즈음 저 혼자 밤에 남포불 아래서 술을 먹다가 남포가 터지면서 불이 옷에 닿아 그만 타죽었다 했다. 평소 인색하기로 소문난 사람인데 술을 먹되 누구와 같이 동무해 먹지 않았고 전등이나 켤 것이지 남포를 켰다가 변을 당했다고 하는 시비가 이야기에 덧묻어 왔다. 또 하나는 역시 우리 고향에서 한때는 남의 셋방살이를 하며 좁쌀도 되술로 말아먹고 지나던 사람이 금광金鑛에 돈을 모으고 얼마 전에는 자가용 자동차를 사들였다는 이야긴데 여기에는 또 어떤 분풀이 같은 기운이 말끝에 채이었다.

오는 입춘과 같이 이런 이야기를 맞으며 나는 생각했다. 내 시골서는 요즈음 누구나 다들 입을 삐치거나 솜씨를 써가며 이 이야기들을 할 것인데 그럴 때마다 돈과 목숨과 생활과 경우와 운수 같은 것에 대해서 컴컴하니 분명치 못한 생각들이 때로는 춥게 때로는 더웁게 그들의 마음의 바람벽에 바람결같이 부딪치고 지나가는 즈음에 입춘이 마을 앞벌에 마을 어귀에 마을 안에 마을의 대문간들에 온 것이라고.

이런 고향에서는 이번 입춘에도 몇 번이나 '보리 연자 갔다가 얼어 죽었다'는 말을 하며 입춘이 지나도 추위는 가지 않는다고 할 것인가. 해도 입춘이 넘으면 양지바른 둔덕에는 머리칼풀의 속움이 트는 것이다. 그러기에 입춘만 들면 한겨울내 친했던 창

애*와 썰매와 발구며 꿩 노루 토끼에 멧돼지며 매 멧새 출출이 들과 떠나는 것이 섭섭해서 소년의 마음은 흐리었던 것이다. 높고 무섭고 쓸쓸하고 슬픈 겨울이나 그래도 가깝고 정답고 흥성흥성해서 좋은 겨울이 그만 입춘이 와서 가버리는 것이라고 소년은 슬펐던 것이다.

그런 소년도 이제는 어느덧 가고 외투와 장갑과 마스크를 벗기가 가까워서 서글픈 마음이 없듯이 겨울이 가서 슬퍼하는 슬픔도 가버렸다. 입춘이 오기 전에 벌써 내 썰매도 노루도 멧새도 다 가버린 것이다.

입춘이 드는 날 나는 공일무휴空日無休의 오피스에 지각을 하는 길에서 겨울이 가는 것을 섭섭히 여기지 못했으나 봄이 오는 것을 즐거이 여기지는 않았다. 봄의 그 현란한 낭만과 미 앞에 내 육체와 정신이 얼마나 약하고 가난할 것인가. 입춘이 와서 봄이 오면 나는 어쩐지 까닭 모를 패부敗負의 그 읍울悒鬱을 느끼어야 할 것을 생각하면 나는 차라리 입춘이 없는 세월 속에 있고 싶다.

1939. 2. 14. (조선일보)

* 짐승을 꾀어서 잡는 틀의 하나.

흰 바람벽이 있어

소월素月과 조선생曹先生

　나는 며칠 전 안서* 선생님한테로 소월이 생전 손으로 놓지 않던 '노트' 한 권을 빌려왔다. 장장이 소월의 시와 사람이 살고 있어서 나는 이 책을 뒤지면서 이상한 흥분을 금하지 못한다. 대부분이 미발표의 시요 가끔 그의 술회와 기원이 두세 줄씩 산문으로 적히우고 가다가는 생각이 막혔던지 낙서가 나오고 만화가 나오고 한다. 줄과 줄, 글자와 글자를 분간하기 어렵게 지우고 고치고 내어박고 달아붙이고 한 이 시들은 전부가 고향, 술, 채무, 인정 같은 것을 읊조린 것인데 그 가운데 이색으로 「제이 엠 에스」라는 시가 있다.

　제이 엠 에스

　평양서 나신 인격의 그 당신님 제이 엠 에스
　덕 없는 나를 미워하시고
　재주 있는 나를 사랑하셨다.
　오산 계시던 제이 엠 에스 사오 년 봄 만에 오늘 아침 생각난다.
　근년처럼 끝없이 자고 일어나며

---

* 우리나라 최초의 서구시 번역 시집 『오뇌(懊惱)의 무도(舞蹈)』를 출간한 시인 김억(金億, 1896~?.)을 이름. '안서(岸曙)'는 김억의 필명. 오산학교에서 김소월을 가르쳤으며, 백석은 김소월의 후배였다.

얽은 얼굴에 자그마한 키와 여윈 몸맵씨는 달은 쇠 같은 타는
듯한 눈동자만이 유난히 빛났었다.

(1행략)

소박한 풍채, 인자하신 옛날의 그 모양대로

그러나 아 술과 계집과 이욕에 헝클어진 15년에 허주한 나를 웬
일로 그 당신님

맘속으로 찾으시노? 오늘 아침

아름답다 큰 사랑은 죽는 법 없어 기억되어 항상 가슴속에 숨
어 있어 미처 거친 내 양심을 잠재우리 내가 괴로운 이 세상 떠
나는 때까지……

구심舊心 5·26. 야서夜書라 하였는데 시방으로부터 6년 전이
다. 오산학교를 나온 이들은 제이 엠 에스라는 이니셜로 된 이름
이 조만식 선생님이신 것을 알 것이다.

불세출의 천재 소월은 오산학교에서 4년 동안 이 조 선생님의
훈도를 입었는데 이 시인은 그 높게 우러러 존경하던 조 선생님
께서 하루아침 고요히 그 마음속으로 찾아오신 때 황공하여 쪼
그리고 앉아 머리를 들지 못하고 호곡하였던 것이다. 소월은 이
때 그 '정주곽산 배 가고 차 가는 곳'인 고향을 떠나 산읍 구성
남시에서 돈을 모으려고 애를 쓰던 때다. 소월이 술을 사랑하고

돈을 모으려고 했으나 별로 남의 입사내에 오르도록 계집을 가지고 굴은 일은 없다 하되 그러되 이미 고요하고 맑아야 할 마음이 미처 거칠어진 탓에 그는 이 은사 앞에 엎드려 이렇게 호곡하는 것이다.

　소월은 오산학교 때에 체조 한 과목을 내어놓고는 무엇에나 우등을 하였다. 조 선생님은 이렇게 재주 있는 소월을 그 인자하신 웃음을 띠고 머리를 쓰다듬어 사랑하신 모양이 눈앞에 보이는 듯한데 오산을 다녀 나온 자 누구에게나 그렇듯이 이 천재 시인도 그 마음이 흐리고 어두울 때 역시 그 얽으신 얼굴에 자그만한 키와 여윈 몸맵씨의 조만식 선생님을 찾아오시었던 것이다.

1939. 5. 1. 《조선일보》

당나귀

날은 밝고 바람은 따사한 어느 아츰날 마을에는 집집이 개들 짖고 행길에는 한물컨이 아이들이 달리고 이리하야 조용하든 마을은 갑자기 흥성걸이었다.

이 아츰 마을 어구의 다 낡은 대장간에 그 마당귀 까치 짖는 마른 들메나무 아래 어떤 길손이 하나 있었다. 길손은 긴 귀와 껌언 눈과 짧은 네 다리를 하고 있어서 조릅하니* 신을 신기우고 있었다.

조용하니 그 발에 모양이 자못 손바닥과 같은 검푸른 쇠자박 을 대이고 있었다.

그는 어느 고장으로부터 오는 마음이 하도 조용한 손이든가. 싸리단을 나려노코 갈기에 즉닙새**를 날리는 그는 어느 산골로 부터 오는 손이든가. 그는 어느 먼 산골 가난하나 평안한 집 훤 하니 먼동이 터오는 으스스하니 추운 외양간에서 조짚에 푸른 콩을 삶어먹고 오는 길이든가 그는 안개 어린 멀고 가까운 산과 내에 동네방네 뻑국이 소리 닭의 소리를 느껴웁게 들으며 오는 길이든가.

마른 나무에 사지를 동여매이고 그 발바닥에 아픈 못을 들여

_{* 조릅하다 : '조잡하다' 정도의 의미로 추정.}
_{** 죽은 잎사귀.}

백끼우면서도* 천연하야 움직이지 않고 아이들이 돌을 던지고 어른들이 비웃음과 욕사설을 퍼부어도 점잔하야 어지러히 하지 않고 모든 것을 다 가엽시 여기며 모든 것을 다 받아들이며 모든 것을 다 허물하거나 탓하지 않으며 다만 홀로 널따란 비인 벌판에 있듯이 쓸쓸하나 그러나 그 마음이 무엇에 넉넉하니 차 있는 이 손은 이 아츰 싸리단을 팔어 양식을 사려고 먼 장으로 가는 것이었다.

날은 맑고 바람은 따사한 이 아츰날 길손은 또 새로히 욕된 신을 신고 다시 싸리단을 짊어지고 예대로 조용히 마을을 나서서 다리를 건너서 벌에서는 종달새도 일쿠고** 늪에서는 오리 떼도 날리며 홀로 제 꿈과 팔자를 즐기는 듯이 또 설어하는 듯이 그는 타박타박 아즈랑이 낀 먼 행길에 작어저갔다.

1942. 8. 11. 《매신사진순보》

* 백끼우다 : 박히다.
** 일쿠다 : '일으키다'의 방언.

나와 나타샤와 흰 당나귀(편지)

가난한 내가
아름다운 나타샤를 사랑해서
오늘밤은 푹푹 눈이 나린다

나타샤를 사랑은 하고
눈은 푹푹 날리고
나는 혼자 쓸쓸히 앉어 소주燒酒를 마신다
소주燒酒를 마시며 생각한다
나타샤와 나는
눈이 푹푹 쌓이는 밤 흰 당나귀 타고
산골로 가자 출출이 우는 깊은 산골로 가 마가리에 살자

눈은 푹푹 나리고
나는 나타샤를 생각하고
나타샤가 아니올 리 없다
언제 벌써 내 속에 고조곤히 와 이야기한다
산골로 가는 것은 세상한테 지는 것이 아니다
세상 같은 건 더러워 버리는 것이다

눈은 푹푹 나리고

흰 바람벽이 있어

아름다운 나타샤는 나를 사랑하고

어데서 흰 당나귀도 오늘밤이 좋아서 응앙응앙 울을 것이다

최정희 씨崔貞熙 氏

당신은 거짓말을 하십니다. 전前에 아니하든 — 그러므로 제
가 당신을 존경尊敬만은 하든 거짓말을 하십니다. 서러운 일입니
다. 당신의 하신 말씀 일종교─宗敎요 예술藝術이요 또 그 무엇무
엇인 사랑이 현대인現代人의 혼미混迷 속에 그 정신情神의 카오스
속에 있을 수 있다는 말씀이 미웁습니다.

당신도 아시는 대로 순수純粹하고 높고 아름다운 것에 온 숭
앙崇仰과 동경憧憬과 갈망渴望으로 밝이는 제게 당신의 그 '거룩
한' 정신情神이 그렇게 거룩하지 못한 것은 제 하나만의 죄과罪科
입니까.

저는 묻습니다. 당신은 그렇게 지고至高하다고 생각하는 신념
信念과 종교宗敎와 또 그 무엇에 그렇게도 빨리 아무 숭고崇古한
미련未練도 없이 별리別離하실 수 있습니까. 수기唾棄하실 수 있습
니까. 천박淺薄하다는 말은 과過한 것입니까. 모자라는 것입니까.

생명의 구원救願을 꾀하다가 헛되인 일일 줄 알 적에 당신은
어데다가 변명하십니까. 어데다가 고발告發하십니까. 당신은 한
사람으로 해서 그 아름다웁다고 생각했든 육체肉體나 정신精神이

나 그 어느 것으로 해서 오는 '앓음'을 그렇게 소중_{所重}히 생각하실 줄 모르십니까. '앓음'은 — 어떠한 '앓음'이든 — 악으로만은 아름다워지는 것이 아닙니다. '영원히 파랗게 질린' 가슴에는 '세상 모든 것이 구원_{救願}을 받는 크나큰 도스토예프스키적_的 은혜_{恩惠}가 오지 못하는 것입니다. 그러고도 오히려 당돌하니 발악 — 용서하시오 — 하면 이것은 제가 슬프기보다 우리들의 다 같은 고향_{故鄕}인 그 양식_{良識}이 있다 통곡할 것입니다.

또 말합니다. 당신은 — 당신께서 더욱이 — 애욕_{愛慾}의 순수_{純粹}란 것에 실망_{失望}하신 일이 있을 것입니다. 반발_{反撥}하는 시기_{猜忌}와 증악_{憎惡}의 정신_{精神}을 가장 강력_{强力}한 한편으로 생각하신 일이 있을 것입니다. 한 정신_{精神}과 한 정신_{精神}이 부합_{附合}하고 반발_{反撥}하는 일이 지극_{至極}히 귀하고 높고 큰일이나 또 지극_{至極}히 천하고 얕고 적은 일인 줄을 아실 것입니다. 정신_{精神}은 상승_{上昇}할 때 영철_{怜澈}하고 건강_{健康}해야 하는 그대로 하강_{下降}할 때 또 그러해야. 그러해야만 성장_{成長}하는 것인 줄 아실 것입니다.

한 인간_{人間}이 부처가 아니라면 또 부처 아닌 한 인간_{人間}의 그 의욕_{意慾}에 대해서 무감_{無感}할 수 있겠습니까. 항차 그 의욕_{意慾}의 제어_{制御}가 손발에 미치는 때에 총명_{聰明}하신 당신은 이 의욕_{意慾} 때문에 내락_{奈落}하십니다. 암우_{暗愚}하십니다.

저는 말합니다. 과거_{過去}에 당신은 여러 인간_{人間}을 '신념_{信念}'이

요 '종교宗敎'요 또 그 무엇으로 생각 — 사랑 — 하다가 다 실패失敗하였습니다. 실패失敗는 신神만이 가지는 것이 아닌 것을 생각할 때 저는 이 '신념信念'과 '종교宗敎'와 당신의 인간人間에 대한 무연憮然한 감感을 가지지 않을 수 없습니다. 그리고 이 사실事實은 당신의 나를 경멸하는 데 꼭 좋은 구상構想인 역시亦是 평범平凡했구나 하는 감탄感歎을 쿡 찔러 죽이는 명증明證입니다. 그런고로 내가 평범平凡할 수 없고 나더러 평범平凡하다면 당신의 실의失意의 자위自慰거리입니다.

사람을 사랑하다가 사랑하게 되지 못하는 때 하나는 동무가 되고 하나는 원수가 되는 밖에 더 없다고 하나 이 둘은 모두 다 그대로 사랑하는 것이 되는 것입니다. 하나는 관대寬大한 탓이고 하나는 순수純粹하고 정직正直한 까닭입니다. 그러나 그 밖에 정말로 사랑하게 되지 못하는 경우를 피탈避脫에서 전가轉嫁에서 허위虛僞에서 볼 수 있는 것이라고 생각합니다. 당신은 사랑하지 않아도 생각만은 했다가 실패失敗하는 경우에 그 어느 유형類型으로 오므려뜨리고 들어갈 것인지 생각해 보실 것입니다.

당신은 어떤 사람을 아름다운 탓에 깨끗한 탓에 온갖 다 좋고 높은 탓에 미워할 수는 없습니까. 그런 노력努力이라도 하시지 않으시렵니까. 이것은 역설逆說해도 좋습니다. — 미워하는 탓에 아름답고 좋고 높아진다고 진실眞實로 저는 솔직率直하겠습니다. ─ 세상에는 아름다운 육체肉體를 아름다운 정신精神보다 높이는 사람이 있습니다. 좀더 순수純粹하고 총명한 탓이라 해도 당연當然 이상以上으로 좋게 이야기하는 것이 아닙니다. 또 필의畢意는 아름다운 육체肉體로 해서 아름다운 정신精神에의 유도誘導라는 것이 진실眞實한 말이 아니겠습니까. 언제 한번 이 수준에까지도 이르지 않았다면 그것은 공허空虛의 비극悲劇에 지나지 않습니다. 공허空虛는 왕왕往往 독자獨自가 짓는 것입니다. 독자獨自가 긁어놓는 상채기입니다.

누구의 말에 친절親切한 것이 자애慈愛보다 낫다고 했습니다. 친절親切(kindness가 아닙니다)을 모르는 것은 조선여자朝鮮女子입니다. '교양敎養' 있다고 자중自重하는 사람들은 더욱 모르는 것이 아닌가고 혼자 걱정합니다.

그리고 '자중自重하세요' '자존自尊하세요' 하던 제 말이 당신에게는 목에 걸린 생선가시 같은 모양이오나 당신의 '신념信念'이요 '종교宗敎'요 또 '예술藝術'의 앞에서 당신은 비린 생선을 먹기가 먼저 잘못입니다. 가시는 생선을 먹은 탓에 걸린 것입니다.

무엇을 변명辨明하시고 피탈避脫하시고 또 고발告發하십니까. 옳은 것도 짠 것도 다 그대로 묘지墓地까지 가지고 가시면 어떠십니까. 묘지墓地까지.

'동무 앞에서 경멸'…… 운운云云은 당신의 아량雅量과 교양敎

養과 그리고 크게 말하면 학해諧諧의 정신精神조차 의심疑心하게 됩니다. 고백告白합니다만 지난해 늦가을 제 동무들 앞에서는 제가 경솔輕率했습니다. 노천명 씨盧天命 氏 앞에서 모윤숙 씨毛允淑 氏 앞에서 당신을 경멸하기는 새로* 당신의 어데서 깊고 아름다운 정신精神이 툭 튀어나올 것을 희망希望했던 것을 어떻게 하겠습니까.

당신은 늙은 소녀少女같이 ○가○價한 연애戀愛를 하신 것이 아닐 줄 아는 탓에 제가 일후日後에라도 존경尊敬하고 친절親切하도록 노력勞力하겠습니다. 그리고 당신의 편지 제오매第五枚 끝으로 다섯째 줄에 있는 썩은 개고기 같은 말씀. 무엇으로 제가 이 눈을 씻을지 모르겠습니다. 경멸輕蔑은 고소苦笑합니다. 고소苦笑하다가 ○○합니다. 질갈叱喝합니다.

이하以下 생략省略

이 글을 모윤숙 씨毛允淑 氏한테도 보내는 것은 이렇게 하는 것으로 아름답다고 제가 생각한 탓입니다. 당신의 절친하신 동무이시고. 또 나로서도 남과 달리 무구無久하니 생각되는 모윤숙 씨毛允淑 氏인 탓입니다.

1938. 3. 이전(으로 추정)

* 커녕.

백석 연보

1912년 7월 1일 평북 정주군 갈산면 익성동에서 백용삼의 장남으로 출생. 본명 백기행(白夔行).

1919년 오산소학교 입학.

1924년 오산소학교 졸업. 오산학교 입학.

1929년 오산고등보통학교(오산학교서 명칭 변경) 졸업.

1930년 《조선일보》 신년현상문예에 단편 「그 모(母)와 아들」이 당선, 등단. 도쿄 아오야마 학원 입학. 영문학 공부.

1934년 졸업 후 귀국하여 조선일보사 출판부에 취직. 조선일보사에서 발행하던 여성지 《여성》에서 편집 업무를 맡음.

1935년 8월 30일 시 「정주성」을 《조선일보》에 발표하여 시인으로 등단. 이후 시를 주로 창작. 조선일보사에서 창간한 시사잡지 《조광》에서 편집 업무를 맡음.

1936년 1월 20일. 시집 『사슴』을 100부 한정판으로 출판. 4월 함흥 영생고보에 영어 교사로 부임.

1938년 영생고보 교사직을 사임하고 서울로 상경하여 활동.

1939년 다시 《여성》 편집 주간으로 근무하다 그해 말 만주의 신경으로 떠남. 만주국 국무원 경제부에서 근무.

1940년 토머스 하디의 장편소설 『테스』 번역 출간.

1942년 만주의 안동(安東) 세관에서 일함. 12월 《조광》에 N. 바이코프의 단편소설 「밀림유정」 번역 출간.

1945년 해방 후 신의주를 거쳐 고향 정주로 돌아옴.

1946년 고당 조만식 선생의 일을 도우며 생활함.

1947년 10월 문학예술총동맹 제4차 중앙위원회의 외국문학분과원에 등록. 러시아 작가 시모노프의 장편소설 『낮과 밤』 번역 출간. 솔로호프의 장편소설 『그들은 조국을 위해 싸웠다』 번역 출간.

흰 바람벽이 있어

1948년 파데예프의 장편소설『청년근위대』번역 출간.

1949년 이사코프스키의 시집을 번역 출간.

솔로호프의 대하소설『고요한 돈강 1』번역 출간.

1950년『고요한 돈강 2』번역 출간.

1953년 파블렌코의 장편소설『행복』번역 출간.

1955년 조쏘출판사에서『뿌슈킨 선집―시편』을 공역 출간.

1956년《조선문학》5월호에「동화문학의 발전을 위하여」, 9월호에《나의 항의, 나의 제의》등 일련의 아동문학에 관한 평론을 발표.

10월 제2차 작가대회에서《문학신문》편집위원이 되어 근무.

1957년 4월 동화시집『집게네 네 형제』출판.

《아동문학》4월호에「멧돼지」외 동시 3편을 발표하여 아동문학 논쟁을 촉발시킴.

「아동문학의 협소화를 반대하는 위치에서」를 발표하여 본격적인 논쟁을 벌임.

1958년 8월「사회주의적 도덕에 대한 단상」발표.

10월 부르주아 잔재에 대한 비판을 받음.

1959년 1월 삼수군 관평리의 국영협동조합으로 내려가 양치기 일을 함.

1962년 10월 북한 문화계 전반에 내려진 복고주의에 대한 비판과 연관되어 절필.

1996년 1월 사망(추정).